왓섭! 공포라디오

| 스페셜 에디션 |

왓섭! 공포라디오

| 스페셜 에디션 |

초판 1쇄 발행 | 2023년 3월 10일
초판 2쇄 발행 | 2023년 3월 20일

엮은이 | 왓섭!
펴낸이 | 박영욱
펴낸곳 | 북오션

주 소 | 서울시 마포구 월드컵로 14길 62 북오션빌딩
이메일 | bookocean@naver.com
네이버포스트 | post.naver.com/bookocean
페이스북 | facebook.com/bookocean.book
인스타그램 | instagram.com/bookocean777
전 화 | 편집문의: 02-325-9172 영업문의: 02-322-6709
팩 스 | 02-3143-3964

출판신고번호 | 제 2007-000197호

ISBN 978-89-6799-746-5 (03810)

왓섭! 엮음

왓섭!
공포라디오

| 스페셜 에디션 |

현대판 전기수의 정말 무서운 이야기

#공포 #괴담 #미스터리 #레전드 #실화

Bookocean

💩 차례

—⊪⊩— **1부** —⊪⊩—

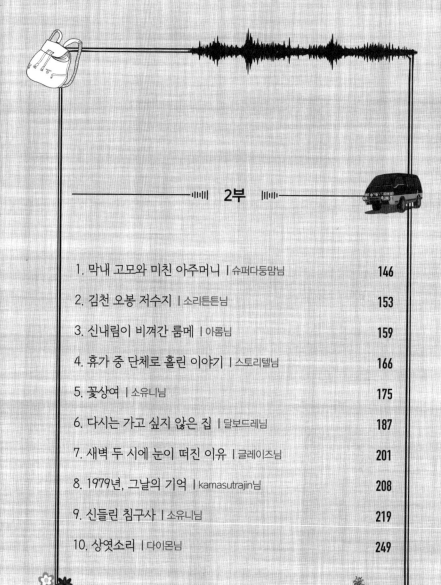

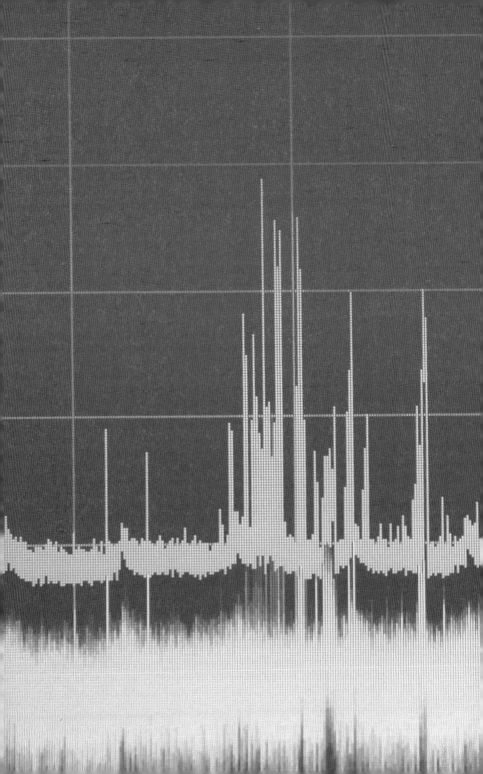

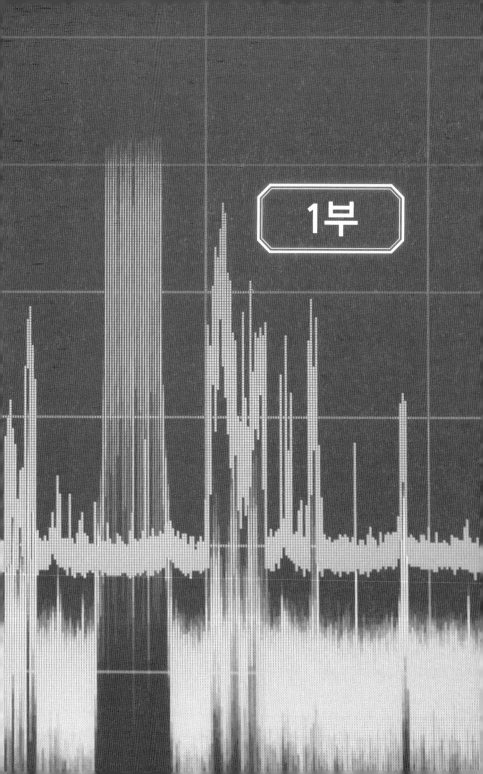

1부

302호 겁나 예쁜 그녀

난효정이다님

그녀와의 첫 만남

한 집에 한 명씩 있다는 망나니가 외가에 하나, 친가에 하나 있는 탓에 우리는 아빠의 피나는 노력에도 불구하고 내가 열여섯 살이 될 때까지 작은 집 하나 얻지 못하고 살았다. 큰집의 둘째 외삼촌에게 버는 족족 빼앗기던 중, 엄마는 중대한 결정을 했다. 수중에 가지고 있는 돈을 모두 합쳐 집을 한 채 사자고 말이다. 그러고는 친구가 알려준 대로 경매가 확정된 집을 보기 위해 친구와 함께 W동에 있는 꽤 오래된 빌라를 구경하고 있었다. 그때 어떤 아주머니가 엄마의 곁으로 다가와 말했다.

"집 보러 오셨나 봐요? 우리 집도 내놓았는데…. 실내장식을 하나도 안 해서 낡은 집 그대로이긴 한데 우리 집을 사면 제가

경매가나 주위 시세보다 더 싸게 해줄 테니 한 번 구경이라도 해
봐요."

그래서 뭐에 홀린 듯 3층으로 올라가 집을 구경했고, 그 자리
에서 가족의 동의도 묻지 않고 그대로 구두계약을 하셨다. 그때
엄마는 내게 집이 반짝반짝하고 너무 좋았다고 이야기하셨다.
물론 이사하기 위해 짐을 가지고 들어간 그 첫날, 나는 그렇지
않다는 것을 눈치챘지만 말이다. 아니, 그 집에 발을 들이기도
전에 우린 조금 이상한 방법으로 이사하게 되었다. 그 작은 일로
우리가 얼마나 어이없는 집을 사게 된 것인지 알게 된 것이다.

전셋집으로 있던 이층집, 나와 같은 학년이었던 친구가 집주
인인 데다 엄마들끼리도 오래된 친구라 얼마든지 시간을 주겠다
고 했다. 그런데 엄마는 기어이 집을 빨리 빼서 아빠 후배의 거
실 하나 방 하나 있는 작은 집에 온갖 짐을 잔뜩 밀어 넣고, 이불
짐 위에서 한 달을 살게 하면서까지 그 집에 들어가길 고집했다.
전세금을 빼서 이사할 집에 넣어야 하니 그랬겠지만, 그 때문에
반지하 집 앞에 두었던 장롱은 그해 갑자기 내린 비에 완전히 불
어터져서 버려야 했고, 집 안에 들어오지 못했던 가전제품은 그
야말로 집어 가는 놈이 임자였다. 나와 언니가 중고등학생이라
교복을 입는다는 게 얼마나 다행이냐는 말까지 나왔었다.

그렇게 말도 안 되는 한 달을 보내고 나서야 이삿짐을 들고 지금까지 살고 있는 이 집으로 들어온 날, 나와 언니는 이유도 모른 채 현관 앞에서 이곳에 이사 오기 싫다는 말을 거의 동시에 내뱉으며 한참을 서서 집 안으로 들어오지 못하고 있었다.

"빨리 들어와서 어느 방 쓸지 정해!"

엄마는 표정이 별로 좋지 않은 우리의 등을 떠밀어 집 안으로 들어오게 했다. 낡은 빌라는 어떻게 보면 방이 세 개이거나 두 개라고 해도 좋은 모습이었다. 안방과 작은 방은 평범한 나무 문으로 되어 있고, 현관문과 붙어있는 기다란 중간 방은 유리문으로 되어 있어 문을 떼어내면 거실처럼 사용할 수 있는 곳이었다. 언니는 자기는 유리문을 쓰기 싫다며, 작더라도 그 방이 좋다고 점찍었고 나는 이것저것 많이 놓을 수 있는 중간 방을 선택하게 되었다.

처음 몇 주 동안은 아무런 일도 일어나지 않았다.

별거라면 다른 사람들도 자주 겪는 내 방 옆에 있는 현관 센서 등이 혼자 켜지고 꺼진다는 것. 하지만 그 뒤에 일어날 여러 가지 일들은 서서히 그 존재를 보이기 시작했다. 어느 날, 온 가족들이 잠든 늦은 밤까지 컴퓨터로 좋아하는 노래들을 틀어 놓고 흥에 겨워 따라부르며 잠을 잘 준비를 하고 있었다.

쿵!

불투명한 유리창을 강하게 치는 소리에 휙 고개를 돌린 내 시선에 하얀 팔이 보였다. 당시 인기 있던 댄스곡이 시끄럽다는 듯 신경질적으로 쾅, 하고 유리문을 치고 사라진 하얀 팔. 유리문에 쩍 달라붙은 손바닥과 팔꿈치까지 보이는 너무나 하얀 팔. 언니인가, 엄마인가 싶어 사과하려고 입을 벌렸다가 그대로 굳어버렸다. 하얀 팔이 향한 곳, 현관문의 센서 등이 켜졌는데 당연히 있어야 할 사람의 그림자가 없었다. 이상했다. 왠지 나는 아무런 행동도 하지 않고 그대로 침대에 누워 편히 잠들기까지 했다. 그 뒤로 우리 집엔 이상한 일이 벌어지기 시작했다.

층간 소음

아빠는 이사를 오자마자 한 달도 되지 않아 중국공장에 책임자로 가게 되셨고, 엄마는 안방에서 홀로 주무시는 것에 공포를 느끼는 듯 신경이 날카로워져 갔다. 매일 늦은 밤 학원이 끝나고 집에 오기가 무섭게 아랫집에 사는 아저씨는 득달같이 쫓아와 분명히 아무도 없었을 우리 집에서 누군가 시끄럽게 걸어 다닌다며 항의를 해댔다. 우리는 생애 첫 우리 집이 이상하다는 것을 받아들이지 못한 것인지 아직도 잘 모르겠다. 몇 날 며칠 아랫집에 시달린 어느 날 엄마는 더 이상 참지 못하고 말했다.

"우리 집엔 10시에 끝나는 막내딸, 11시 12시에 차례대로 일이 끝나 오는 여자 셋 말고는 뛰어다닐 만큼 작은 아이는 없어요. 그리고 아무도 없는데 올라오는 거면 일부러 우리를 괴롭히려고 하는 것 아니에요?"

평소와는 다르게 신경질적으로 대하며 싸우는 소리가 복도를 타고 빌라 안을 울렸는지, 옆집 신혼부부가 나와 이 집은 11시 전까지는 조용하며 누군가 시끄럽게 굴면 자기들이 불편할 텐데 전혀 그렇지 않다고 우리 편을 들었다. 그제야 사과도 없이 좀 조용히 해달라며 아래층으로 내려갔다.

그것이 시작이었다.

이상하다는 생각은 우리 가족 모두 하고 있었지만, 입 밖으로 꺼내는 사람은 없었다. 혹시 유치하다고 생각할까, 어린애 취급 받지 않을까, 거짓말쟁이 취급을 받지는 않을까 하는 생각에 또는 귀신을 믿지 않기에 그랬을 수도 있다. 나는 거의 매일 밤 불투명한 유리 너머 현관문의 센서 등이 켜졌다 꺼지는 것을 하루에도 몇 번이나 보며 잠들어야 했고, 이상하리만치 오랫동안 환하게 센서 등이 켜진 현관을 멍하니 바라보며 혹시 전에 팔뚝을 보였던 그녀가 자기 그림자를 보이는 건 아닐까라는 쓸데없는 걱정을 하곤 했다.

그녀는 현관문 앞에서 왔다 갔다 하는 것은 이제 식상하다고 생각했는지, 어느 날부터인가 침대에서 잠들라치면 침대맡에 서서 아주 예쁜 얼굴 위에 미소를 가득 지으며 검지 하나만 쭉 펴 내 몸을 꾹꾹 누르고, 어느 날은 살집이 꽤 있는 내 몸을 주물럭거렸다.

쿡쿡 찌를 때는 긴 손톱이 살에 박혀 아프기만 했는데 몸 여기저기를 만지작거리는 손길은 아프다기보다는 너무 간지러워서 그 간지러움을 참기가 힘들어 그것이 더 고통스러웠다. 간신히 가위눌림에서 풀리면 바로 효자손으로 긁으라고 엄마가 침대에 효자손을 달아주기까지 했으니, 그 고통이 말이 아니었다.

엄마는 더 이상 안방에서 주무시지 않았다. 언니는 갑자기 자기 방을 차지한 엄마 때문에 나와 함께 내 방에서 생활하다 마지막엔 내가 언니와 안방을 사용했고, 한 대 두 대 늘어난 컴퓨터 때문에 내 방은 컴퓨터 방이 되어버렸다. 안방에서 생활하며 우리는 무언가 이상한 것을 눈치챘다. 새벽 2시쯤이 되면 어디선가 여자의 울음소리가 들려왔다. 처음엔 몰랐지만, 어느 날 눈을 번쩍 뜬 내가 언니 쪽을 바라보지도 못하고 언니에게 물었다.

"언니, 들었지?"

언니는 누운 채로 그제야 엉엉 소리를 내어 울며 자기도 이 소리가 너무 무서워 방에서 잘 수 없었다는 것이다. 나는 언니보다 조금 대범했던 것 같다. 이불을 박차고 일어나 방 밖으로 뛰쳐나가 엄마를 불렀다. 한밤중, 세 모녀가 모여 그 진위를 확인해 보았는데 그 후 여러 날 동안 긴 이야기였지만 정리해 보자면 이랬다.

우리가 이사 온 집과 안방 벽을 마주한 집의 아주머니가 약간의 신경증이 있었는데 어느 날 너무 나빠졌고 한밤중이 되면 우리 집 안방 쪽의 벽지를 박박 긁으며 엉엉 울기도 하고 헛소리도 했다고 한다. 그런데 그녀가 그렇게 된 이유가 우리 때문이라고 했다. 대낮에 우리 집에서 어떤 여자가 자기를 욕하고 죽으라고 했다며, 온 동네에 우리 집을 욕하고 고소하네 어쩌네 하다 끝내 우리 집은 밤중에만 사람이 있다는 걸 남편이 확인해서 이사하는 것으로 마무리된 이야기다. 그 집이 이사하던 날 아주머니는 엄마에게 이렇게 말했다.

"그 집에 분명히 여자가 있다고!"

"네. 우리 집엔 여자가 셋이에요."

엄마는 이렇게 웃기지도 않은 말로 되받아쳤다. 옆집 아주머니가 이사하고 나면 끝났어야 할 이야기지만 공교롭게도 이 이야기는 그렇지 못했다. 불과 며칠 후, 나는 지금 생각해도 무서운 일을 당하고 말았다.

여자를 좋아하는 그녀

가위에 눌리면 눈을 꼭 감고 옆구리에 힘을 꽉 주면 간지러움에 몸이 파르르 떨리면서 깨곤 했는데, 이것은 가위눌림이 아니었다. 그날 밤, 언니는 그때 오픈한 RPG 게임에 푹 빠져 새벽까지 옆방에 있었고, 다음 날 학교에 가야 하는 나는 침대에 누워 무서움을 달래려 문을 열어 놓고 잠들었다. 시간이 얼마 지나지도 않았는데 언니가 기분이 별로 좋지 않은 듯 뚱한 표정으로 방 안으로 들어와 침대로 단번에 불쑥 파고들었다. 미리 이야기하자면 나와 언니는 같이 잘 때 내 팔베개를 하고 언니가 나를 끌어안으면 나는 언니를 감싸 안는 식으로 둘이 껴안고 잤다. 그래서 너무 익숙하게 팔베개하고 언니를 끌어안고 잠들었는데 언니가 품에 파고들며 가슴을 아프게 쥐는 것이다.

순간, 이상하다고 생각하기도 전에 다른 생각이 내 머릿속으로 파고들었다.

'이건 언니가 아니다. 그 여자다.'

나는 눈길 한 번 주지 않고 침대에서 뛰어내려 후다닥 그녀에게서 떨어졌다. 곧장 등을 돌려 그녀에게서 멀어진 나는 방 밖으로 튀어나와 상황을 확인했다.

언니가 있었다. 안방에도, 컴퓨터 방에도 언니가 있었다. 그녀가 내게 보이는 한쪽 눈으로 나를 바라보며 히죽, 웃었다.

나는 휙, 등을 돌려 잠에서 깼냐고 물어보는 언니를 뒤로하고 작은 방으로 뛰어 들어가 엄마 방에서 억지로 잠이 들었다. 나중에 언니는 왜 그게 자기가 아니라고 생각했는지 물었다. 서늘했다, 차가웠다? 아니 오히려 사람의 체온이 그대로 느껴지는 몸이었다. 하지만 사람이 아니었다. 납작한 종이. 내 팔에 닿았던 머리통도 눈에 보이는 얼굴도 모두 사람과 다를 바 없는 모습이었지만 입체감 하나 없는 그 딱딱한 느낌에 퍼뜩 정신이 들었던 것이다.

방에서 튀어나와 자기를 바라보는 나를 향해 그 단면적 느낌이 가득한 얼굴로 섬뜩하게 웃던 언니의 모습이 아직도 선명하게 떠오른다. 마치 그림을 그려 날카롭게 자른 종이와 같던 그 느낌. 엄마에게 이 이야기를 했지만, 엄마는 들어주지 않았다. 아니, 들어주지 않은 것이 아니라 들으면서도 그 부분에 대해선 기억을 못 하셨다. 지금도 귀신 이야기를 하면 엄마는 우리가 이야기했던 것들을 여전히 기억하지 못하신다. 그런데도 우리는 이 집에서 벌써 20여 년을 살고 있다.

요즘은 '겁나 예쁜 그녀'라고, 언젠가 우리 집에 놀러 온 언니가 지어준 별명으로 그녀를 부르며 살고 있다. 아주 잠시 그녀를 설명하자면, 그녀는 여자를 좋아했다.

16

음기가 강해서 그럴까? 아니면 언젠가 친구가 내게 해준 말처럼 신줄을 잡고 태어나진 않았지만 보이지 않아도 좋다고 달라붙는 이상한 여자들이 있는데 그게 나라더니, 그래서 그런지 그녀는 유독 나를 그리고 우리 집에 놀러 오는 여자들을 좋아했다. 특히 글래머러스한 여자를 말이다.

언니가 고등학교 3학년, 내가 고등학교 1학년 때 언니는 그때 가장 유명한 아이돌 멤버의 팬으로 팬들 사이에서도 아는 사람이 많을 정도로 열심히 활동하는 걸로 유명했다. 그래서 방학만 되면 지방에 사는 친구들이 우리 집으로 많이 놀러 오곤 했다. 그때의 이야기 중 지금까지도 술을 마시면 깔깔거리는 이야기가 있다.

부산에서 올라오다 보니 밤늦게 집에 온 친구들과 새벽까지 좋아하는 연예인 이야기를 비롯해 이런저런 얘기를 하며 간식을 먹고 있을 때, 몸이 좀 안 좋다며 자리를 깔고 누운 스무 살의 지영 언니가 눈물을 흘리며 끅끅거리다 갑자기 웃더니 이내 욕지거리하며 끙끙거렸다. 우리 집에 있는 그녀를 익히 알고 있던 우리라 깜짝 놀라 후다닥, 언니를 깨웠는데 갑자기 상체를 일으킨 지영 언니가 소리를 질렀다.

"내 봤다, 봤어! 이기 뭐꼬?"

"왜? 뭔데? 왜 그러는데?"

우리의 질문에 지영 언니가 쏟아낸 이야기는 무섭고 웃기고 슬픈 이야기였다.

그녀는 몸이 안 좋아 감기약까지 먹고 자리에 누웠다. 약 기운으로 바로 잠들어야 하는데 그렇지 못했다. 힘겹게 눈을 뜨자 꽉 닫힌 문 앞에 딱 봐도 귀신인 머리 긴 여자가 오순도순 모여 있는 우리를 지나쳐 자기 발밑으로 다가와 가만히 발목을 쓰다듬고 만지작거리며 점점 위로 올라오더란다. 까만 머리카락에 하얀 얼굴, 누가 봐도 너무 예쁜 얼굴이 언니는 무서움과 동시에 슬펐다고…. 귀신 주제에 너무 예뻤다는 것이다. 슬슬 위로 올라올 때는 무서워서 끙끙거렸는데, 얼굴을 마주한 그녀가 언니의 가슴을 꽉 쥐더니 너무나, 너무나 아쉬운 표정으로 그랬단다.

"니는 아니다. 넌 아니다. 그러는 기다! 이 미친년이 내보고 납작하다꼬! 이기… 이기 뽕이라고!!"

처음엔 어이없어 가위눌린 상태로 막 웃겨서 웃었는데 그녀의 말뜻을 이해하고 나서 너무 화가 나서 이를 악물고 그녀를 향해 욕지거리를 퍼부었다고.

일어난 언니는… 가슴이 납작했다.

그렇게 우리 집에 사는 그녀는 그 언니의 신경질적인 악의가 들어간, 그냥 예쁜 그녀가 아니라 겁나 예쁜 그녀가 되었다.

그녀의 허락

그녀는 그렇게 언니보다는 볼륨이 있는 나를 더 좋아했던지 언니보다 내가 가위눌리는 것을 좋아했고, 예쁘기도 하고 가끔은 무서운 모습으로 매일 나를 괴롭혔다. 그녀가 가위눌린 몸을 만지작거리는 것으로 만족하는 것은 여자에 한정되어 있었던 것 같다. 다음 해 언니는 대학에 진학해 인생의 첫 남자 친구를 만들었고 그는 컴퓨터가 있는 우리 집에 자주 와서 리포트도 작성하고 같이 게임도 했다.

가끔은 엄마의 허락하에 컴퓨터 방에서 자고 가기도 했었는데 어느 날 아침, 언니는 학교에 갔고 나는 늦게 일어났는데 언니의 남자 친구가 엄청 진지하게 어젯밤에 혹시 옷을 안 입고 나온 적이 있냐는 거다. 엄청나게 놀라고 수치심이 올라와 버럭, 소리를 내지른 나는 나를 어떻게 보고 그런 소리를 하느냐고 화를 냈는데 언니의 남자 친구가 진지한 목소리로 무서운 이야기를 했다.

"어젯밤에 리포트를 작성하느라 우리 둘이 컴퓨터를 쓰는데 네가 벽에서 불쑥 얼굴만 내놓고 효심이에게 자냐고 물어보더라고…. 그래서 우린 아직 멀었다고 하니까 네가 얼굴을 집어넣더니 거실로 나와서 쓱 한 바퀴 돌다가 냉장고를 열었다가 닫고 방에 들어갔는데 옷을 하나도 안 입고 있었어. 그리고…."

언니와 남자 친구는 둘 다 멍하니 있다 뭔가 깨달은 듯 언니가 후다닥 자리에서 일어나 방으로 들어가 내가 자는 것을 확인하고 남자 친구에게 우스갯소리로 우리 집 귀신이 이번엔 효정이인 척한 것 같다고 말하고 금방 리포트를 끝낸 후, 놀리듯 오늘 귀신 조심하라는 말을 뒤로하고 방으로 들어갔다고 한다.

그 뒤 귀신을 믿지 않기 때문에 컴퓨터 방에서 잠이 들었는데 얼마 후 누군가 자기를 내려다보는 것 같아 눈을 번쩍 뜨자 정말 실오라기 하나 걸치지 않은 내가 눈을 희번덕희번덕하게 뜨고 섬뜩하게 웃으면서 자기를 내려다보며 쉴 새 없이 무슨 말을 속삭이고 있었는데 놀란 것도 잠시, 무슨 소리를 하는지 자세히 들어봤더니 쉬지 않고 욕설을 지껄이고 있었고 그 끝은 이랬다고 한다.

[죽어버려, 개새끼. 죽여버릴 거야. 죽어, 죽어, 죽어, 죽어.]

죽으라는 말을 하도 해서 잠을 한숨도 못 잤다고 하면서 말도 안 되는 소리를 하길래 화내고 있는데 언니 남자 친구의 표정이 엄청 진지해서 차마 욕까지는 못 하고, 왜 그런 소리를 하느냐고 했더니 내 얼굴을 바라보던 언니 남자 친구가 한참을 가만히 있다가 이렇게 말했다.

"내가 몇 번 가위눌린 적이 있는데 이게 점점 무서워지네…. 처음엔 안 그랬는데 저번엔 어떤 예쁜 여자가 옆에 누워 헤실헤실 웃다가 갑자기 목을 조르고, 너무 무서워서 너희 집에서 잘 못 자겠어. 거기다 어젠 죽으라고 말도 하잖아."

그날 언니의 남자 친구는 진짜 두려운 표정이었다. 그녀가 마음에 안 들어 해서 그랬는지 두 사람은 반년을 이어가지 못하고 헤어졌다. 언니는 집구석에 붙은 귀신 때문에 연애도 못 하겠다고 우스갯소리를 했었다. 그 뒤로 두어 명의 남자 친구들 모두 우리 집에 놀러 와 하룻밤 컴퓨터 방에서 잠을 자고 난 다음 날이면 절대 우리 집에서는 자고 가지 않겠다고 할 정도였다. 언니는 우리는 이년 때문에 시집가기 글렀다고 말하기도 했다.

하지만 그녀도 우리가 노처녀로 늙어가는 것은 싫었는지, 형부가 우리 집으로 인사와서 술에 잔뜩 취해 컴퓨터 방에서 잠들었을 때 그 전의 그녀와는 뭔가 달랐다고 한다. 한참 잠들어 있는데 짝짝짝, 소리가 들려왔다고 한다. 술기운에 잠에 취해있다 눈을 떴는데 형부의 머리 위에 누군가 서 있더란다. 진짜 엄청 오랫동안 멍하니 여자를 쳐다보고 있는데 웬 예쁜 여자가 머리 위에 서서 손뼉을 치고 서 있더라는 거다. 그리고 그녀는 다시는 형부 앞에는 나타나지 않았다. 그래서 그런지 언니는 형부와 결혼했고, 미리 이 이야기를 들은 지금의 남편이 된 그때의 내 남자 친구는 우리 집에서 절대로 밤을 보내지 않고 결혼했다.

그래서였을까? 결혼 후 분가해서 살다가 남편의 직업상 지방에서 근무하게 되어 당분간 친정집에서 지내기 위해 우리 집으로 왔는데 그때 그 여자가 얼마나 화가 났는지 알게 되었다. 방에서 오랜만에 혼자 잠들었을 때 분명히 나는 눈을 감고 있었는데 무언가 불쑥 거실 바닥에서 올라오는 것을 느꼈다.

그녀다. 그녀였다.

온통 시커먼 여자가 천천히 내가 잠들어 있는 방으로 들어왔다. 눈을 꼭 감고 있어서 표정을 볼 수 없었지만, 난생처음으로 엄청나게 화가 난 그녀의 숨소리 같은 것을 느낄 수 있었다. 푸흐 푸흐, 하는 소리가 옆으로 누운 등 뒤에서 들려왔다. 그 숨소리에 나는 그대로 얼어버렸다. 다른 날처럼 가위눌린 것이 아니라 잠이 완전히 깬 상태로 굳어져 버린 것이다. 등 뒤의 여자는 한참이나 푸흐 푸흐, 하는 소리를 내고 있었고 나는 굳어진 몸을 어떻게든 돌리려 한참을 노력했다. 간신히 손가락을 꼼지락거리며 뒤로 돌아 어떻게든 여자를 쳐다보려는 그 순간, 가위눌리는 느낌이 확 왔다. 잠이 들었던 것도 아닌데 다시 그대로 굳어져 버렸다.

그녀는 그간의 시간을 탓하는 건지 네가 감히 결혼해? 하는 생각이었는지, 내 몸을 꼬집고 할퀴고 난리를 피웠다. 팔, 다리, 허리, 허벅지 할 것 없이 너무 고통스러워 목구멍에서 간신히 소리 내어 비명을 내질렀다. 아빠가 돌아오시고 나서야 안방에서 주무시던 엄마가 후다닥, 문을 열고 왜 그러냐고 물어보다 비명을 지르셨다.

자리에서 일어나 보니, 여자가 할퀴고 때렸던 반신은 온통 멍울과 손톱자국이 그림처럼 나 있었다. 나는 식은땀을 흘리며 아무것도 아니라고, 자다가 혼자 그랬나보다고 말하고 누웠다. 하지만 혼자서는 못 잘 것 같아 안방으로 다시 가려는 엄마를 붙잡고 혼자 자기 무섭다고, 그냥 가위눌렸다고, 옆에서 좀 주무시면 안 되겠냐고 하는데 엄마가 그러셨다.

"안 그래도 너희 시집가고 나서 안방으로 들어간 게, 요새는 이상하게 안방이 아니라 이 방에서만 자면 자꾸 가위눌리고 무서워서 엄마도 이 방에서 못 자겠더라. 그년이 여기로 옮겨왔나 봐."

그래서 결말은? 없다.

우리 집엔 여전히 그녀가 있고, 주말에 오는 우리 남편은 기가 센 신줄이 내려오는 집안이라 자다가 그녀에게 침을 뱉어 버리는 바람에 평일에 내가 괴롭힘을 당하는 중이다. 그리고 이 이야기를 세 번이나 썼는데 자기 욕하는 걸 어떻게 알았는지 멀쩡한 노트북이 꺼져 저장되지 않은 부분이 날아가버려 지금, 이 글이 네 번째 쓰는 글이라는 것! 방에서 혼자 컴퓨터를 쓰거나 하다 모니터가 꺼지면 어딘가 신경 쓰이는 부분이 있다는 것!

아마 그녀는 주말부부가 되어 돌아온 내가 이 방을 쓴다는 게 마음에 들었는지 이곳에 자리를 잡은 것 같다. 그리고 우리는 아마도 이 집에서 이사하는 것은 생각하지 않을 것 같다. 이 집의 수명이 다할 때까지 그녀와 함께 가겠지. 유난히 예쁜, 여자의 가슴에 집착하는 그녀와 함께 말이다. 사담으로 이야기하자면 나는 302호에 살고 있다.

202호 아저씨는 암에 걸렸는데 그 암이 벌써 10여 년째 이곳을 수술하면 다음은 저곳, 저곳을 고치면 다음은 또 다른 곳에서 암세포가 발견된단다. 또 102호는 20년 전 우리 엄마가 경매를 알아볼 때처럼 같은 이유인 사채 빚으로 벌써 일곱 번째 주인이 바뀌었다. 이유는 모르겠다. 그녀가 계단을 타고 다니는 것은 아닐 텐데…. 우리 집 라인의 안 좋은 일도, 우리 집의 그녀도 여전히 그대로 현재 진행형이다.

천륜지정

AM

FM

소유니님

　이 일은 엄마의 지인으로 어릴 때 한동네, 한집에서 자랐던 분의 이야기다. 현재 떡집을 운영하고 계시기에 편의상 떡집 이모라 칭하고 이모의 시점으로 써보려고 한다.

　어린 시절의 나는 찢어지게 가난한 집의 맏이로 태어나 때로는 엄마가 되고 때로는 아버지가 되어 동생들을 건사해야만 하는 상황이었다. 가난의 정도는 개인차가 있겠지만, 그 당시의 어린 나는 피죽도 먹지 못할 만큼 가난을 온몸으로 받아내며 살아가고 있었다. 더군다나 부모란 존재는 내게 별 의미가 없었다.

　아버지는 밖에서 떠돌이 생활을 하며 소식조차 모르는 날이 많았다. 노름판이나 투견판을 전전하며 마누라는 고사하고 자식들조차 거들떠보지 않았으니, 과연 이 사람을 아비라 할 수 있을까? 어쩌다 집에 들어오는 날이면 손에 잡히는 물건들을 죄다 우리에게 던지며 쓰레기만도 못하다고, 꼴도 보기 싫으니 나가 죽으라고, 고성을 지르며 때리는 게 내 기억 바닥에 남아있는 아버지라는 인간이다.

정나미가 떨어진다는 게 이럴 때 쓰는 말일 테지…. 그렇다면 엄마는 그야말로 방관자였다. 어쩌다 등장하는 아버지에게 맞는 우릴 보면서도 말리기는커녕 방구석에 앉아 웃으며 빤히 지켜만 보던 사람이었다. 게다가 살림이 궁색해지면 우리 남매들을 모두 시장통에 데리고 나가 앵벌이까지 하게 했다. 최대한 불쌍한 표정을 지으라며 엄마는 뒤에서 조용히 지시를 내렸다. 제대로 못 하는 날이면 엄마한테 끝이 보이지 않을 만큼의 매질이 이어졌다.

동네 사람들이 자식한테 그리하면 천벌 받는다고 말리기도 하고, 걱정을 담은 말씀도 하셨지만, 막무가내인 엄마한테는 하나도 통하지 않았다. 남의 집안일에 간섭하지 말라며 싸구려 같은 말투로 동네 사람들을 얼씬도 못 하게 했다. 대체 이들에게 부모라는 게 의미가 있기는 한 건지, 애들은 왜 다섯이나 낳아서 인생의 굴레라는 말을 알게 했는지 의문이었다. 그들은 나를 집안에서 막일하는 일꾼으로밖에 생각하지 않는 것 같았다. 아버지도 아버지이지만 엄마는 더했으면 더했지, 덜 하지는 않았으니까.

어느 날, 아버지가 또 집 밖으로 나가 헤매고 다닐 때쯤이었던 것 같다. 그새를 못 참고 엄마는 어딘가에서 이상한 놈팡이 하나를 집으로 끌고 들어왔는데 술을 얼마나 마신 건지 이리 비틀 저리 비틀 몸도 제대로 가누지 못할 정도의 취기로 집에 오자마자 내게 술상을 차려오라며 호통쳤다.

그때 내 나이 열한 살, 어린 나이였지만 난 이미 어른이 되어 있었다. 사랑받는 아이가 되고 싶었지만, 엄마 눈에는 이미 자기 자식이 아닌 타인이었던 것 같다. 그 기분이 싫어진 나는 멀뚱거리며 쳐다만 보고 있었다. 그러자 엄마라는 사람은 내게 가혹할 정도의 거친 욕설과 고성으로 채근했다.

"이런 독사 같은 년! 너 때문에 내 팔자가 더럽게 꼬였어. 그러니 넌 나를 위해 평생 내 뒤치다꺼리나 해야 하는 거야. 알겠냐? 그러니 빨리 술상이나 차려와!"

나오는 대로 뱉어내는 엄마의 말에 난 그만 강한 거부감이 들었다. 나 때문에 팔자가 꼬였다니, 그게 자식한테 할 소리인가? 내가 뭘 그리 잘못했다고. 내가 태어나고 싶어 태어난 건가? 낳아놓고 날 벌레 취급한 사람들이 누군데.

난 그 순간 이성을 잃은 채 싫다고 악을 써댔다. 엄마도 아버지도 저 아저씨도 전부 다 싫다고. 하늘도 기가 막혔는지 굵직한 눈물을 뿌리며 어느샌가 내 편을 들어 주고 있는 것만 같았다.

그리고 엄마에게 처음으로 악다구니를 쓴 나는 그날 아버지도 아닌 낯선 놈팡이에게 흠씬 두들겨 맞았다. 버릇없다고, 어린 게 또박또박 말대꾸한다고, 구둣발로 여기저기 시퍼렇게 잔멍이 들도록 죽지 않을 만큼 매를 맞았다. 살아있는 게 기적이었다.

강한 빗줄기에 쓰라린 상처를 이겨낸 나 자신이 대견스러웠다. 하지만 엄마는 그렇게 질긴 목숨을 가진 내가 싫었는지 버텨내고 있는 내게 꼴도 보기 싫으니 집에서 나가라고 했다. 하지만 난 나갈 수 없었다. 어린 동생들 때문이었다. 내가 없으면 내 동생들이 내가 받았던 고통을 그대로 받게 될 테니까….

그 시절만큼은 내겐 엄마보다 더 큰 모성애가 동생들에게 뻗어 있는 듯했다. 생각이 동생들에게 다다르자 나는 이를 악물고 뻣뻣한 통나무처럼 감각 없이 제자리에 꿋꿋이 있었다.

그렇게 이유 모를 세월은 하염없이 흘러 부모라는 테두리의 감흥도 무뎌지고 있었다. 아버지는 여전히 집과 가족을 등진 채 생사도 알 길이 없었다. 엄마는 나의 암흑기 한편을 장식하고는 온다 간다 말도 없이 자고 일어나니 사라지고 없었다. 귀신 소굴 같은 집을 지키고 있는 건 나와 동생들뿐. 우리 집의 이런 험한 모습에 동네 사람들은 혀를 끌끌 차며 차라리 부모가 없는 게 낫다고들 했다. 그리고 여기저기서 밥이며 반찬이며 모두 한 마음으로 우리를 보살펴 주는 상황이었다.

그중 가은 언니네 가족들은 나에게 있어 나보다도 더 귀한 분들이었다. 우리 다섯 남매를 추위와 더위로부터 견디게 해준 신과 같은 분들이라고도 할 수 있다. 내가 가은 언니네를 신처럼 생각했던 이유는 가장 힘들 때 우리 남매를 가족처럼 보살펴 주었기 때문이다.

가끔 어떤 분들은 우리를 보육원으로 보내는 게 낫지 않겠느냐고도 했지만 가은 언니 부모님께서 힘이 닿는 데까지 돕겠다고 하셨고, 우리 남매를 언니네 집으로 들어가 살 수 있도록 작은 보금자리를 마련해 주셨다. 이때는 천군만마를 얻은 듯 양어깨에 힘이 들어가는 순간이라 뼛속까지 든든함으로 차오르는 것만 같았다.

그렇게 따스한 이웃들의 도움을 받아 가며 우리 남매들은 부모라는 단어와 모습을 기억 속에서 차츰 지워가고 있었다. 아니, 기억의 조각도 남지 않을 정도로 싹 지워버렸다고 하는 게 맞는 거겠지. 언니네 식구가 되면서 처음으로 부모와 자식 간의 온정이라는 게 무엇인지를 제대로 알게 되는 순간이기도 했다. 얼마나 따스한지 난생처음 느껴본 감정이 너무나도 생소했다. 그래도 생소한 느낌이 무작정 싫다거나 거부감이 드는 건 아니었다.

아주 귀하게 다가온 감정이 오히려 닳아 없어질까 봐 아끼고 아끼며 심장 속에 차곡차곡 담아두고 있었다. 이런 좋은 시간이 흘러 우리 남매들은 가은 언니 부모님의 도움으로 번듯한 대학을 나와 우리만의 역량을 한껏 발산하며 자리를 잘 잡아가고 있었다.

그런데 호사다마라고 했던가? 좋은 일 뒤엔 언제나 나쁜 일이 있었고, 그 시작은 가은 언니네 집에서 나와 독립하던 무렵부터인 것 같다.

작은 회사에 취업해 밤낮 가릴 것 없이 열심히 일하며 바쁜 일상을 보내고 있었다. 그 틈에 심신이 지쳐 여기저기 쑤시고 아파서 병원과 약국을 제집 드나들듯 드나들며 내 육신은 해질 대로 해져 있는 상태였다. 그때마다 보이는 어떤 여인, 희미하게 보이는 얼굴은 누군지 알 수 없었다.

다만 자꾸 내 주변에서 나타났다 사라지는 일이 반복되는 중이었다. 무엇보다 나타날 때의 모습은 예사롭지 않았다. 머리 위에 관을 올린 상태로 보였는데 희미하게 이름 석 자가 쓰여있었다.

기이한 건 매번 보일 때마다 다른 이름이 있다는 것이었다. 자세히 보이지는 않았지만, 대략적인 이름의 윤곽은 보였기에 이름이 다르다는 것은 구별할 수 있었다.

'대체 이 모습들은 뭐지? 왜 여기저기에서 이런 게 보이는 거야? 내가 요새 너무 피곤했나?'

생각은 내게 보이는 것들을 부정하고 있었다. 뭔가 잘못 본 것이라고 스스로 사전 같은 정의로 규정짓고 있었다. 잘 지내고 있다고 생각했는데 예상치 못한 불안감이 나를 얽매이게 하는 탓에 생활은 엉망진창이 되어갔다. 문제는 내게 이런 모습들이 보이면 주변에 누군가는 반드시 생을 마무리한다는 것이다. 처음에는 믿지 못했다. 관잡이 여인이 누군지 모르기에 두려움만 커지고 있었다.

하루가 멀고 찾아오는 이 여인. 도대체 정체가 무엇이고 나랑 뭐 하자는 건가? 도무지 감조차 잡을 수 없으니 답답함이 이를 데가 없었다. 짙은 연무 속에서 갈피를 못 잡고 헤매는 날들이 계속 이어지고 있었다.

불길했다. 그러다 그 불길한 기운에 화롯불을 키우듯 내 예감은 활활 타올라 우려했던 일이 생기고야 말았다. 부지불식간에 나타난 여인과 함께 등장한 관의 기운이 남다르게 느껴지고 있을 때였다. 시커먼 관에서 보인 노란 글자, 노. 기. 선.

잊고 있었다. 그동안 까맣게 잊고 지냈던 이름, 바로 내 아버지다. 수십 년 동안 내 기억에서 지워진 사람이다. 어디에 있는지, 뭘 하며 사는지, 생사조차 알 길 없는 그 양반의 이름이 선명히 그리고 또렷이 시야에 들어왔다. 이번에는 이 여인이 머리에 관을 올리고 덩실덩실 춤까지 춰가며 내 주변을 빙글빙글 도는 게 아닌가. 난 두 눈을 감고 다시 뜨기를 반복하며 고개를 마구 저어 대고 있었다. 한참을 정신없이 춤추던 여자는 어느 순간 급작스레 멈추더니 자신만의 언어로 나에게 소곤거렸다.

[내가 걸어간다. 내가 싹 다 걸어갈 거다! 좋지? 나도 좋다! 이히히.]

거침없는 숨소리와 웃음소리가 선명히 들리고 보일 때, 난 그만 현기증이 나서 정신의 중심을 잃을 것만 같았다.

"누… 누구세요? 누구신데 이러는 건지…."

조금 전까지 보이던 여자는 내 물음엔 답도 없이 관을 머리에 이고 홀연히 사라져 갔다.

이상했다. 그동안은 모습만 보였는데 이번엔 난데없이 말을 하고 가는 것이었다.

분명 어딘가에 있을 내 아버지란 양반한테 무슨 일이 생길 것만 같았다. 얼굴도 잘 기억나지 않는 내 아버지의 소식을 이런 식으로 듣게 될 줄 상상이나 했을까?

그러나 무심한 세월이 부정에 대해선 아무런 감흥이 일지 않았다. 세월도 그리움에 물들지 않으면 녹슬어 쓸모없는 연장이 된다는 것을 몸소 느끼고 있었다.

'아버지라… 흥! 그딴 아버지는 필요 없어! 어디서 어떻게 되든 난 신경 쓰지 않을 거야.'

마음속의 억장이 무너지기는커녕 차곡차곡 적립되듯 쌓여만 가고 있었다. 그리고 다짐한다. 난 그 양반과는 아무런 상관이 없다고. 아니, 그 양반이 어찌 되든 난 눈 하나 깜짝하지 않을 거라고 스스로 다짐의 뿌리를 내리게 하고 있었다. 그러나 그 여인이 누군지 알아야겠다는 생각은 시간이 갈수록 더해졌다. 매일 악몽 같은 현실이었기에 이걸 떨쳐내고 싶다는 열망은 점점 더 커져만 갔다.

그러던 어느 날, 어떻게 된 일인지 경찰서에서 연락이 왔다. 아버지의 부고 소식이었다.

기나긴 세월, 떠돌이 삶에 마침표를 찍은 소식이었다. 가슴이 미어지도록 아프다거나, 목이 메어 눈물이 뿜어져 나온다거나, 사무치도록 그리워 애가 타는 마음은 하나도 남아있지 않았다. 단지 가뭄으로 인해 논바닥이 갈라지듯 깡마른 건조함만이 그 소식에 흥을 더하고 있었다. 참 신기하기도 하지. 타인의 죽음엔 슬픔이 한가득인데 어찌 혈육인 아버지의 죽음에는 이리도 덤덤할까? 나 자신이 점점 무서워지고 있었다.

어쩌면 이름이 쓰인 관이 보이는 순간 나도 모를 쾌재가 일렁이고 있었을지도 모르겠다. 아니, 관을 들고 오는 여인보다 내가 더 흥에 겨웠을지도 모른다. 수많은 생각들이 뒤엉켜 버거워진 짐 덩이를 처리하지도 못한 채 어영부영 장례를 치렀다. 그 과정에서 난 나도 모를 소리가 입에서 줄줄 새어 나왔다. 그건 내가 아니었다. 저만치 지켜보고 서 있던 그 여인, 그 여인의 중얼거림대로 내가 뱉어내고 있는 소리였다.

차분한 장례식이 잠시 멈췄다.

"잘 죽었다. 아주 속이 시원하네! 자, 또 시작해봐야지? 다음엔 누구를 데려갈까나? 옳거니, 찾았다! 그년한테 가보면 되겠네! 아하하. 그래, 가자."

내 말을 듣고 있던 남동생은 나더러 실성했냐고 했다. 그리고 사람들은 이상한 눈으로 나를 봤다. 여기저기서 미쳤다고 난리였다. 모든 소리가 회전하듯 내 머리 여기저기서 울리고 있었고, 빙글빙글 도는 소리에 맞춰 나도 그렇게 돌다가 내 모든 의식은 그 자리에서 사라졌다.

하루가 지난 뒤, 난 작은 병실에서 깨어났다. 눈을 깜빡이며 처음으로 본 사람은 가은 언니였다. 언니는 놀라면서도 내가 깨어났다는 것에 안심하는 표정이었다.

"깼니? 다행이다. 무슨 일이야? 장례식장에서 왜 그런 건데?"

난 아무 말도 할 수 없었다. 그렇다고 입을 다물고 있을 수도 없었다. 한참을 망설이고 난 뒤 언니에게 그간의 일들을 말해줬더니 믿을 수 없는 일이라고 했다.

"언니, 나 좀 이상하지? 나 어디가 좀 고장 난 것 같아. 정신병원에라도 가서 상담받아봐야 하나? 나 너무 불안하고 무섭거든. 그런데 언니, 소름 끼치는 게 뭔 줄 알아? 어느 날부터 보이는 여인의 모습이 나와 닮았다는 거야.

처음엔 잘 안 보였는데 시간이 지날수록 그 여인의 얼굴이 또렷이 보이더라고…. 어찌나 놀랍던지. 기가 막힌 건 매번 그 여인이 관을 들고 들어올 때 '이번엔 어떤 이름일까?'라는 생각을 하며 기대하게 된다는 점이야. 나를 괴롭히고 힘들게 했던 인간들 이름부터 쓰여있길 바라면서 말이야. 게다가 내 아버지가 죽었다는데 난 왜 이리 즐겁고 신나는 걸까? 희미하게 남겨진 천륜이라는 끈이 아예 삭아 없어져서 더 신나는 걸까? 지겨운 감정에 치우치지 않아도 되니까? 아니다, 언니… 이거 미친 거지? 나… 제정신 아닌 거지, 나 많이 아픈 거지? 그렇지, 언니? 흑흑… 하하하!"

정신 나간 사람처럼 울음 반, 웃음 반 섞어가며 가은 언니한테 이런 말을 하자 언니는 오히려 나무라지도 않고 측은한 눈빛과 함께 날 안아주었다. 그리곤 진심 어린 걱정을 한껏 쏟아냈다.

"가엾은 것… 얼마나 힘들었으면. 그래, 아픈 거야. 아픈 거 맞아! 그건 얼마든지 고칠 수 있어. 그러니 우리 치료받으러 가자. 언니랑 가자! 알았지?"

언니의 말에 그동안 꼭꼭 참았던 눈물이 뭐가 그리 서럽냐고, 대변하듯 쏟아졌다. 나를 무너지게 만들 수 있는 유일한 사람, 그건 바로 언니였다. 피를 나눈 자매는 아니지만, 언니 집에서 함께 자라며 여느 자매보다 더 뜨거운 자매애가 있던 사이였다. 난 아무래도 진짜 병이 난 것 같았다. 나의 머릿속에 잠재된 내가 누군가와도 타협이 안 되는지 마구잡이로 제멋대로였다. 이런 내가 걱정스러웠는지 동생들도 내게 이런저런 상황들을 물었다. 그에 대한 답은 하지 않았다.

그저 조금만 기다리면 된다고 말하고 더 이상 묻지 말라고 부탁만 했다. 안쓰럽고 걱정스러운 눈빛은 뒤로할 수밖에 없었다. 일단 내 자아가 어디로 도망치고 이상한 자아가 숨어들어 왔는지부터 찾는 게 중요했으니까. 그런 마음을 아는 가은 언니는 병원에 가는 날짜에 맞춰 내게 와주었고, 우린 집 근처에서 조금 떨어진 A 정신과에 갔다. 물어물어 찾아간 곳에서 만난 원장님은 후덕한 인상만큼이나 사람을 편안하게 해줬고, 그곳에선 여러 가지 상담이 진행되었다. 원장님은 한참 나눈 이야기 말미에 뜻밖의 제안을 하셨다.

"노정아 씨, 최면 치료를 해보면 어떨까요? 잠재된 의식 속에 또 다른 자아가 있다는 건 어쩌면 정아 씨의 과거 속 기억이 행동을 지배하고 있는 것인지도 모르겠네요.

일단 그걸 끄집어내 봅시다. 진행해보시겠습니까? 마침 오늘 뒤에 예약된 환자가 없으니 바로 가능할 것 같은데 말이죠. 아, 그리고 녹음도 할 겁니다. 다 끝나고 정아 씨가 어떤 말을 했는지 알아야 하니까요."

망설여졌다. 내 손이 초조함으로 대답 대신 말하고 있었다. 우물쭈물 판단이 서질 않았다. 까마득하게 가려진 내 과거를 들춰본다? 갈등이 일렁였다.

지긋지긋했던 어린 시절도, 나에게 천륜이라는 걸 잊게 해준 그 인간들도 다시 꺼내어 들여다보고 싶지 않았다. 하지만 알아야 했기에 요동치는 갈등을 뒤로하고 난 과감히 결단을 내렸다. 드디어 마음의 중지를 모아 결의에 찬 목소리로 원장님께 말씀드렸다.

"하겠습니다, 원장님! 제가 어디에 들어가서 헤매든지 꼭 꺼내 주세요. 미쳐가고 있는 제정신을 제자리에 오도록 도와주세요. 잘 부탁드리겠습니다."

나의 의지 가득한 말에 원장님은 고개를 끄덕였고, 밖에서 기다리고 있던 언니도 함께 들어야 할 것 같다는 말씀에 같이 있게 되었다. 우리는 곧장 원장실 옆에 있는 최면실로 안내받아 가게 되었고, 그곳은 안락하게 꾸며져 있었다. 그렇지만 긴장감은 여전했다. 난생처음 겪는 이 치료가 과연 잘 될 수 있을지도 의문이었다.

"자, 정아 씨? 여기 의자에 편히 앉으세요. 언니분은 저쪽 의자에 앉으면 됩니다. 그럼 5분 뒤에 시작하도록 하죠."

내 심장은 진정이 되질 않았다. 곧 깊은숨을 한 번 내쉰 뒤 최면에 이르게 되었다.

"자! 시작합니다. 당신은 10년 전으로 거슬러 갑니다. 무엇이 보이시나요?"

"끝없이 어떤 길을 가고 있는 제가 보입니다. 작은 마을도 보이고요. 생소한 마을이지만 뭔지 모를 낯익음이 있습니다."

난 이렇게 시간을 거슬러 어린아이였던 시절로 가고 있었고, 마치 타임머신을 타고 시간 여행을 하고 있는 것 같았다.

"자, 이번엔 아주 어린 정아 씨가 있을 겁니다. 대략 세 살 정도인 시점으로 가보죠. 무엇이 보이시나요?"

"허름한 집이 보입니다. 마당도 있고 어미 개와 강아지들도 있습니다. 그리고 부뚜막에 쭈그리고 앉아있는 여인도 보입니다. 머리에 수건 같은 걸 뒤집어쓴 채 밥을 하고 있어요."

"그 여인이 누굽니까?"

"엄마… 엄마예요. 그런데 이상해요. 평상시에 보던 엄마가 아닌 다른 여인이에요. 처음 보는 여인입니다. 그런데 슬픈 눈을 하고 있어요. 그리고… 아버지… 아버지가 엄마를 마구 때립니다.

술병을 들고 와서 엄마에게 던지고 있어요. 엄마 머리에서 피가 납니다. 옆에서 제가 울고 있어요.

아버지! 때리지 마세요. 때리지 말라고! 흑흑흑…."

내가 그렇게 울자 원장님은 날 진정시키고 다시 그때의 상황 속으로 들어가게 했다.

더듬거리며 찾아간 그 시절은 너무 참혹했다. 아버지의 악마 같은 모습을 봤으니까. 그리고 내 진짜 어머니의 모습도 봤으니까.

"아버지가 엄마한테 막말하고 있어요. 무당년이 재수 없게 무당질도 못 한다고, 엄마 때문에 운도 막혀, 될 일도 안 된다고 마구 때리고 짓밟으며 엄마를 아프게 하고 있어요. 너무 맞아서 엄마는 정신을 잃었습니다.

엄마의 얼굴이 제대로 보여요. 어? 그런데… 얼굴이… 저랑 닮았어요. 가쁜 숨을 쉬는 것 같아요.

엄마가 아직 죽지 않은 것 같아요. 엄마가 살아 있어요. 숨이 남아있는 것 같은데… 아, 안 돼! 아버지가 어디선가 관을 들고 와서 엄마를 그 속에 넣어버렸어요.

아악! 엄마! 어떡해요? 엄마가 죽을 것 같아요. 아, 숨 막혀. 살려줘, 살려주세요!"

나의 몸부림에 더 이상 안 되겠는지 원장님은 나를 현실로 돌아오게 했다. 부스스 깨어보니 눈물범벅에, 온몸이 땀으로 젖어 있었다. 기운이 빠지는 느낌이었다. 그 여인이 누구라는 것도 알게 됐고, 내가 어떤 존재로 태어나 구박받게 된 건지도 알게 되었다.

내 친엄마는 그렇게 죽어 갔고 그 한이 풀리지 않았던 것이다. 그래서 어느 순간 나와 같은 모습으로 보였고, 내 아버지를 데리고 간 것 같았다. 지저분한 천륜이 내 앞길에 걸림돌이 될 거라고 생각한 듯하다.

최면 치료는 생각보다 빠른 진전이 있었다. 아버지의 재혼 사실을 알았고, 그 재혼녀가 집을 나간 그 여자였다는 것도 알게 되었다. 하나씩 퍼즐을 맞추듯 진실이 드러났기에 난 먹먹했던 과거를 찜찜함 없이 다 갈아엎을 수 있었다. 그러자 집 나간 새엄마를 빨리 찾아야겠다고 생각하게 되었다. 빨리 찾지 않으면 엄마의 원혼이 새엄마마저 어떻게 할 것만 같았다. 미운 정도 정이라고 원혼이야 달래서 천도시킨다고 하지만 새엄마는 구제할 길이 없으니 한시가 급할 수밖에 없었다.

기억을 더듬어 경찰서 여기저기에 실종 신고를 했고, 전단도 붙이며 찾으려 했지만 어디서도 들려오는 소식은 없었다.

세월은 덧없이 흘러 다니던 회사를 그만둔 뒤 나는 떡집을 차려 대성해 일명 잘나가는 떡집 사장이 되었다. 곳간은 든든했지만, 내 친엄마가 죽었을 때보다 훨씬 더 나이를 먹어 세월의 무상함에 한탄하고 있었다. 그 속에서 오는 손님 가는 손님을 유심히 보며 새엄마를 찾는 내 모습은 더욱 잦아지고 있었다.

그렇게 시간을 보낼 즈음, 낯익은 노인 한 분이 머리에 뭔가를 잔뜩 이고 떡집 앞을 지나가는 모습이 눈에 들어왔다. 걸음걸이며 뒤태가 영락없는 새엄마였다. 힘없이 걸어가는 노인의 뒷모습을 보며 난 힘껏 불렀다.

"엄마! 최말숙 엄마! 엄마!"

노인이 뒤를 돌아본다. 남루한 모습의 노인은 잔주름이 얼굴 전체를 뒤덮고 있었다. 세월도 비껴가지 못한 모습이지만 한눈에 알아볼 수 있었다.

"뉘슈? 날 아슈?"

"엄마! 저예요. 정아! 정아라고요. 기억 못 하시겠어요? 아버지 함자는 노기선, 기억 안 나세요?"

"글쎄, 난 모르겠는데? 근데 내 이름은 어떻게 알았수? 내 이름 아는 사람이 없는데?"

기가 막혔다. 노인은 제정신이 아니었다. 행색도 초라한 데다 정신까지 온전하지 못한 모습에 마음이 아렸다. 그렇게 날 구박하며 집을 나가더니 잘 좀 살지, 이 모습이 뭐란 말인가? 이것저것 걱정이 많아 일단 요기부터 시켜드린 뒤 천천히 물어보았다. 그런데 새엄마의 기억은 20대에 머물러 있었다. 갓 시집온 새댁이 꼬맹이였을 나와의 첫 대면부터 기억하는 것이었다.

"시집와서 처음 만난 애가 있었지. 귀엽고 이쁜 딸이었다오. 남편은 그 애를 몹시 싫어했지만 난 그 애가 반갑고 좋습디다. 조그만 입으로 나를 엄마라고 부르는데 어찌나 감격스럽던지….

그런데 남편은 그 애가 무당 딸년이라고 나중에 커서 사람 잡아먹을 년이라고 무섭다고 했수. 술만 먹고 들어오면 그 애를 때렸지. 난 그 애가 맞는 게 싫어서 남편에게 대들었는데 나도 때리더이다.

그 애를 자꾸 감싸면 나도 전처처럼 죽여버릴 거라고 하는데 그 눈빛이 어찌나 살기가 가득한지 너무 무서웠어요. 그래서 애를 데리고 도망가려고 몇 번이나 시도했지만, 매번 잡혀 왔지.

도망치다 잡히면 죽이겠다고 낫을 들고 설치는데, 이러다 어느 날 갑자기 죽겠구나 싶었습니다.

그래서 하는 수 없이 살기 위해 애를 때리든 말든 모른 척할 수밖에 없었다우. 내가 살아야 했으니까…. 그렇게 지내며 애를 넷이나 낳았는데 여전히 그 인간은 개망나니였지요.

집안 형편도 어려운데 딱히 하는 일 없이 애들에게 거지 행세를 하게 했어요. 내가 애들을 시장통에 데리고 나가 구걸하게 시켰수. 어쩔 수 없었어요. 멀리서 남편이 지켜보고 있었거든.

애들이 잘못하면 남편이 죽일 듯 때리니 여차하면 애들을 죽이겠더라고요. 그래서 내가 남편 대신 애들을 때렸지요. 똑바로 하라고 남편 앞에서 더 큰 소리로 나무라고 때렸지. 그런데 나도 어미이기에 애들을 더는 못 때리겠더이다. 정말 지긋지긋했다우. 같이 살 수 없었지. 그러다 어떤 놈과 눈이 맞은 김에 집을 나가버렸수. 그땐 그 방법밖에 없었거든요. 애들한테 못할 짓 하는 것도 정말 싫었으니까….

그렇게 도망간 그놈과 살았는데 그놈도 쓰레기입다. 남자 놈들은 다 똑같았지. 아니, 내 팔자가 더러운 것일지도 모르겠네요. 아무튼 난 벌 받듯 그놈한테도 무참히 짓밟혔고, 그러다 또 죽을 것 같아 도망쳤다오. 여기저기 떠돌이 생활을 했지. 그 이후엔 기억이 없어요. 여기도 어떻게 왔는지… 나도 모를 이끌림에 여기까지 온 거요."

새엄마는 말을 마치고 눈에 맺힌 눈물을 살이 짓무르도록 닦아냈다. 한동안 아무 말도 못 한 채 나 또한 새엄마의 눈물에 보태고 있을 뿐이었다. 어쩌면 그동안 내가 오해했던 부분에 대한 용서와 화합의 눈물이 아니었을까 싶다. 그로 인해 짓눌렀던 납덩이는 눈 녹듯 녹아내려 흔적이라고는 남아있지 않게 되었다. 서로 간에 이야기를 한참 한 후 내가 그 딸인 것도 알게 되었다. 그리고 아버지의 죽음에 대해 언급하자 새엄마는 아무 말 없이 먼 곳만을 바라보고 있었다.

누군가를 향해 잘 가라고 인사하듯 말이다. 나중에야 동생들이 잘살고 있다는 걸 알게 되었지만, 나의 새엄마는 기억이 사라지고 있었다. 알츠하이머가 진행되고 있었고, 기억도 점점 어려지고 말도 어눌해지고 있었다. 새엄마의 이런 모습은 나처럼 병들었던 기억을 지워내고 있는 듯했다.

나의 새엄마는 과거와 현재 사이에서 힘겨운 사투를 벌이다 몇 년 전 세상을 등지게 되었다. 신기하게도 그때는 관을 들고 다니는 내 친엄마는 보이지 않았다. 아마도 새엄마의 진심을 알았기에 아버지 뒤를 바로 따르지 않게 하고 오랜 세월을 그냥 두고 계셨던 게 아닌가 싶다. 이것이 엄마들의 자식 사랑에 대한 진정성 있는 천륜이지 않을까? 그러나 나에게 있어 인생의 평탄

함이란 있을 수 없는 일인지도 모르겠다.

고난이란 고난은 다 겪으면서 인생이 단단한 돌멩이가 되었을 법하지만, 그 돌이 되기까지 너무도 힘들게 다져졌기에 지금까지도 힘겨운 나날을 보내고 있다. 언젠가는 내 마음에도 평안이 찾아들어 모든 걸 치유하듯 살아갈 수 있지 않을까?

떡집 이모의 이야기는 여기까지다. 한동안 엄마와 연락이 닿지 않다가 얼마 전 연락이 된 거였는데 가은이란 이름으로 등장한 분이 우리 엄마다. 엄마가 어릴 때 외가에서 함께 자란 분이 떡집 이모 남매들이었고, 집이 조용할 날이 없다고 하셨다. 북적북적했지만 행복하고 즐겁게 지내셨다고 한다.

훗날 독립한 떡집 이모네 남매 중 셋은 외국으로 이민을 갔고, 떡집 이모와 막내 삼촌만 한국에 있었다고 한다. 서로 바빠 연락이 뜸해질 때쯤 우리 외가가 다른 곳으로 이사했고 그러다 자연히 연락이 뚝 끊어졌던 거란다. 그 상황에서 떡집 이모가 사방으로 수소문해서 엄마와 연락이 닿았고, 다음 주엔 우리 외가에도 올 거라고 하셨다. 그리고 떡집 이모가 무속인 어머니의 피를 이어받았는데 무속 관련 일을 하지 않는 건 이모가 한참 힘든 시절에 가는 당집마다 내림굿을 받으라고 했는데 마지막으로 간 당집에서 단칼에 자르셨다고 한다. 내림굿 대신 눌림굿을 받겠다고 말이다.

보통 그럴 땐 슬쩍 신을 받게도 한다는데 그럴 기미가 보이면 이모가 화를 내셨다고 한다. 보통 분은 아니시지만, 우여곡절 끝에 눌림굿을 받아 지금은 평범하게 떡집만 하며 살고 계신다. 그래도 아직은 그 기운이 남아있는지 가끔 떡을 하러 오는 손님들에게 기본적인 정보는 툭툭 말씀하시는데, 그건 어쩔 수 없는 거라고 한다.

부모님은 내가 어렸을 적부터 일하셨기 때문에 나는 방학 때만 되면 외갓집으로 놀러 가곤 했다. 외갓집에 가면 내가 가장 어린 나이였기 때문에 언니와 함께 가면 온 동네의 언니 오빠들과 삼촌들이 우리를 엄청나게 좋아해 주었다.

그래서인지 누구 삼촌, 누구 삼촌, 하면서 동네에 안 가본 집이 없었다. 하루는 개울가에서 대야를 타고 놀고 있는 우리를 보며 마을 끝에 사는 삼촌이 팔을 흔들며 좋은 것을 보여주겠다고 불렀다.

초등학교 저학년 때였는데 몸이 가벼워 동그란 대야에 앉으면 튜브처럼 물 위에 둥둥 떴다. 심심하던 차에 잘됐다 싶어 후다닥 자리를 정리하고 대야를 들고 삼촌의 뒤를 따랐다.

삼촌은 밭일하다 뱀을 잡았다며 우리에게 뱀술 담그는 걸 보여주겠다고 하셨고, 그 말에 잠시 멈칫했지만 뭔가 대담한 언니는 뱀술 만드는 것을 구경하고 싶다고 내 손을 잡아끌었다.

조금 무서웠지만, 나도 호기심이 생겨 언니의 뒤를 동동거리고 쫓아갔다. 그 삼촌은 평소에는 그다지 친하지는 않았는데 외갓집 막내 삼촌 친구의 친구로 우리 삼촌과 제일 친한 친구 삼촌과 함께 꽤 많이 만났기 때문에 위험하다고 생각하지 못하고 그 집으로 갔다.

외갓집 쪽의 아이들을 전부 합쳐도 제일 막내는 나였는데 그날 그 집엔 나보다 어린아이가 있었다. 내 기억엔 있지만, 할머니가 나보다 어린애는 없었다고 말씀하셨던 게 생각나 그 아이 또한 내 기억에만 있어 환상은 아닌가 싶어서 언니에게 몇 번이고 그 아이가 보이는지, 우리를 데리고 온 삼촌이 진짜 있는 삼촌인지 물어보고 나서야 그 집으로 들어섰다.

삼촌은 뱀술 만들기 준비를 해야 하니 자기 조카인 남자아이와 잠시 놀아달라는 부탁을 하고 부엌으로 들어갔다. 잠시 후, 삼촌은 목청껏 큰 목소리로 우리를 불렀고, 우리는 뭐에 쫓기기라도 하듯 일제히 부엌으로 달려갔다.

"이렇게 해야 독이 빠져. 위험하니까 뒤로 물러나 있어라. 알았지?"

삼촌은 우리에게 거의 부엌 끝까지 물러나 있으라고 시킨 뒤 큰 솥에 뱀을 집어넣고 불을 붙였다. 거대한 솥에 넣어진 뱀의 아래엔 쌀이 놓여있고 뱀은 거대한 솥에 점점 달궈지는데 어떻겠는가?

뱀은 처음엔 쌀 위를 달린다. 쓱쓱, 소리가 나기 시작하고 달궈진 솥과 쌀을 더 이상 견디지 못한 뱀은 마치 공이 튀는 것처럼 팡팡, 소리를 낸다. 그리고 정말 섬뜩한 것은 뱀의 울음소리다. 뱀의 울부짖음은 일반적인 쉭쉭, 하는 소리가 아닌 꽉 조여진 목구멍 안에서 뭔가 터지는 것처럼 끼에엑, 하는 쇳소리가 가득한 소리다.

근데 분명 작은 소리여야 하는 그 소리가 엄청나게 크게 울리는 것이었다. 또한 그 힘은 얼마나 센지, 곰국을 끓이는 그 커다란 솥뚜껑이 들썩거리기까지 한다. 우리는 5분 정도 그 소리를 들으며 부엌의 구석에 어린이 셋이 똘똘 뭉쳐 굳어져 있었다.

팡팡 튀는 소리도 끔찍한 비명도 모두 사그라들었을 때쯤 삼촌은 솥뚜껑을 열어 뱀을 확인하려고 했다. 뚜껑이 살짝 열린 순간, 아무 소리도 내지 않고 있던 뱀의 머리가 위로 튀어 올랐다. 그 모습을 보고 있던 우리는 비명을 크게 내질렀고, 당황한 삼촌은 솥뚜껑을 그대로 닫아버렸다.

머리만 쑥 빼내어진 뱀이 목이 졸린 상태로 살짝살짝 고개를 돌려 마치 우리와 삼촌을 보고 있는 듯했다. 우리 쪽 한 번, 삼촌 쪽 한 번을 보더니 이내 힘이 쭉 빠져버렸다.

삼촌은 긴 젓가락으로 힘이 빠진 듯한 뱀의 머리를 툭툭 쳐 죽었는지 확인한 후 뱀을 집어 들고 집에 있는 빈 병을 찾아 창고로 갔다. 우리는 조금 무서워져 그 집 아이에게 대충 인사하고 외갓집으로 돌아왔다.

처음엔 아무렇지도 않았다. 그 삼촌 조카가 방학이라 처음 놀러 왔다는 소리를 들은 할머니는 동생과 잘 놀아주라고 우리에게 부탁했고, 우리는 익숙하게 그 집으로 놀러가 같이 놀았다. 그리고 삼촌이 만든 뱀술은 동생이 지내는 방의 책장 위에 다른 뱀술과 함께 진열되어 있었다.

나이도 어렸고 특이한 무엇인가 있는 게 아닌 우리는 그 방이 이상하다는 것을 느끼지 못했는데, 우리보다 더 어렸던 동생은 무언가를 느꼈던 듯하다. 우리와 그림을 그리며 놀고 있던 그 아이가 갑자기 휙, 고개를 돌리더니 저기 뱀이 살아있다고 한 것이다.

뜬금없는 말에 그게 무슨 소리냐고 했더니, 뱀이 살아서 밤에 자꾸 소리를 내고 가끔 고개를 이리저리 돌린다는 거다. 궁금해

하는 우리에게 이번에 잡은 뱀이 다른 친구들을 불러 밤에는 진열장에 뱀이 가득 차서 막 떨어진다고 했다. 진열장에 달라붙어 아무리 보고 또 봐도 우리에겐 보이지 않았지만 말이다. 하지만 동생이 본 것이 사실이었는지 그 삼촌 집엔 점점 이상한 일이 생기기 시작했다.

보통 밭에서 일하다가 뱀에게 물리는 경우는 있지만, 그 집의 할머니 같은 경우는 동생을 데리고 물놀이하러 갔다가 뱀에게 물려 큰일을 치를 뻔했다고 한다.

할아버지 또한 작년까진 아무렇지 않았지만, 이번 연도엔 밭에 뱀이 자꾸 나와 밭일도 제대로 못 하고 뱀굴을 막으러 다녀야 해서 여름에 작물을 심는 농사를 완전히 망쳤다고 하셨다. 그리고 제일 무서웠던 일은, 어느 날 갑자기 일어났다.

처음엔 아무 일도 없었다.

며칠 동안 동생과 놀아주고 삼촌과 함께 물놀이도 하며 시간을 보냈는데 어느 날 아침, 동생을 만나기 위해 삼촌 집으로 갔던 우리는 전날에도 보지 못했던 너무나도 조용한 모습에 의아한 마음이 들었지만, 마루에 아무런 표정 없이 앉아 있는 동생의 모습에 더 깊은 생각은 하지 못했다.

그렇게 그날 하루도 동생과 신나게 놀고 집에 가려고 준비하고 있을 때 그 집의 할머니와 할아버지가 집으로 들어오셨다. 새파랗게 질린 얼굴로 우리를 조용히 바라보는 두 분에게 우리는 해맑게 인사했다.

그 얼굴에 짙게 깔린 어둠을 눈치채지 못해서 그랬던 것인데 그런 우리를 내려다보던 할머니는 동생과 놀아줘서 고맙지만, 오늘은 빨리 집으로 돌아가라고 했다. 의아한 얼굴로 할머니를 올려다보고 있는데 나는 아무것도 듣지 못했지만 무언가 눈치챈 언니가 내 팔을 잡으며, 이 집에서 벗어나자고 하는 것이었다. 집을 나서며 나는 언니에게 왜 그러냐고 채근했다.

할머니의 표정으로 보아 내일부터는 동생과 놀지 못하겠구나 싶어 안타까웠는데 등을 보이고 걸어가는 언니는 아무런 말도 하지 않았다.

아쉽게 그 동생과 만나지 못한 지 며칠이 지났고, 외할머니는 언니가 아닌 내 손을 꼭 잡고 혹시 거기서 무엇을 보지 않았는지, 무슨 일이 있었는지 물어보셨다. 당시 물귀신을 만난 직후라 그러신 듯했다.

처음엔 뱀술을 만들었던 것을 까먹고 있었고, 그 집 할머니가 집에 오지 못하게 해서 언니와 함께 집으로 왔으며, 나는 아무것도 모른다고 이야기했다. 그 말에 안도의 한숨을 내쉰 할머니께 뱀이라는 단어를 꺼낸 순간, 나는 하지 말아야 할 이야기로 할머

52

니의 마음에 또 한 번 아픔을 드리게 되었다.

다음 날 이른 아침, 나와 언니의 손을 꼭 잡고 그 삼촌의 집으로 간 외할머니의 등 뒤에서 가만히 본 삼촌 집 마당은 조용하면서도 뭔가 무서운 분위기가 감돌고 있었다.

이른 새벽, 아무도 모르게 마당에 모인 몇 명의 사람들이 돗자리에 무릎을 꿇고 앉아 두 손을 비비며 무언가를 중얼거리고 있었고, 무엇인가를 숨기려는 듯 너무도 조용하게 시작되고 있었다.

굿. 지금 생각하면 그것은 굿이었다. 하지만 너무 조용하고 이상한 굿이었다. 아마도 소문이 날까 두려웠던 삼촌 부모님들의 선택이었을 것이다.

조용조용 북을 치고 징을 울리는 가운데 몇 개의 상을 붙여 만든 제사상 앞에서 검은 한복을 입은 여인이 기도 같은 것을 하고 있었다.

그 여인 옆에는 완전히 지쳐버린 화려한 복장의 여인이 한 명 더 있었다. 그 숨 막히는 공간의 중간에 기다란 지푸라기 명석, 어디서 구했는지도 모를 낡은 명석 두루마리가 놓여있었다.

뱀술을 담그고 며칠 후, 삼촌은 점점 이상해졌다고 한다. 예전에 몇 병 담아두었던 뱀술을 주르륵 진열해 놓았던 장 앞에 앉아 무언가를 중얼거리며 밤을 지새웠고, 아침을 먹으며 혀를 자꾸 날름거려 음식물을 먹지도 못하고 다 떨어뜨렸다고 했다. 그리고 아프다고 온종일 방에서 누워만 있다가 끝내는 멍석말이를 당한 채 무당 앞에 놓이게 된 꼴이 되었다고 한다.

그리고 어느 날 아침, 삼촌의 건강이 걱정된 할머니가 이른 새벽에 방문을 열고 마루로 나왔을 때 삼촌은 마루를 차지하고 누워있었다. 아니, 누워있다기보다는 엎드린 자세로 팔은 양쪽 허리에 딱 붙이고 양다리도 딱 붙인 상태로, 마치 통나무처럼 있다가 할머니가 부르는 소리에 맞춰 획, 허리를 할머니 쪽으로 구부리며 마치 뱀이 몸을 돌려 기어가려는 것처럼 상체를 이리저리 흔들며 기더란다.

그렇게 앞으로 나가는데 무엇에 씐 것이 분명하다고 느낀 할머니가 이건 정말 심각하다 싶어 할아버지를 깨워 병원에 데려가려고 했다. 그런데 두 분이 아무리 용을 쓰고 악을 써봐도 몸체에 딱 붙은 팔과 양다리가 떨어지지 않았다. 사람이 몸을 구불거린다고 해서 앞으로 나아갈 수 있는 게 아니라 엉덩이가 들리거나 할 텐데, 몸 이외의 신체는 그대로 두고 움직이니 이건 사람의 힘이 아니라고 생각하게 되었다. 그래서 어디서 나름 용하다는 무당에게 가서 빌고 빌어서 집에 모셔 왔다는 것이다.

더 무서운 것은 무당이 집 마당에 당도해 대문을 연 순간, 삼촌이 기다렸다는 듯 마당에서 몸을 쭈그리고 있다가 무당을 향해 기어 왔다는 거다. 무당이 털썩 주저앉아 '지금 놈은 한이 많아 그런 거지만 아주 옛날에 죽은 분이 남들이 잘 때 기도하며 곧 신이 되실 분'이었다고 했단다.

그런데 그걸 죽여 술을 만들었는데 워낙 신이 될 그릇이라 넓은 마음으로 봐주고 있었으나 이번에 죽은 놈을 너무 잔인하게 죽여 크게 화가 나서 모든 놈이 달라붙은 거라고 했다는 거다.

내 기억으로 그 진열장에 뱀술은 10개 정도 되었는데 그 많은 뱀이 달라붙어 삼촌을 완전히 장악해 아무리 용한 무당이라도 잘못 건드리면 자기도 삼촌도 모두 죽는다며, 큰무당을 데려오겠다고 하고 그날은 아무것도 안 하고 돌아갔다고 한다. 그리고 며칠 후 방문해서 바로 굿을 시작했다고 했다.

우리가 놀러 갔을 때는 건넛방에 뱀에 씐 삼촌이 계셨던 것이었고 나중에 들은 바로는, 언니가 삼촌이 내는 쉭쉭, 소리를 듣고 나를 집으로 데리고 간 거였다고 한다.

남에게 알리고 싶지 않다는 삼촌 부모님들의 말에 천을 걸고 마당에 자기가 가져온 거적때기를 놓고 삼촌을 돌돌 말아 묶고 조용히 굿을 시작했고, 삼촌은 비명도 아닌 쉭쉭거리는 소리를 계속 내며 혀를 날름거리고 큰무당을 계속 비웃는데 몇 시간 동안 기도하던 그녀가 갑자기 그때 누가 있었냐고, 데리고 오라고 그랬단다.

그 집 할머니가 외갓집에 와서 하는 이야기에 외할머니는 혹시나 해서 내 과거의 일 때문에 갑자기 걱정되어 되도록 우리를 데리고 가려 하지 않았다고 했는데 어쩔 수 없이 우리가 그 자리를 차지하게 된 것이었다.

기력을 다한 큰무당은 그냥 주저앉았고, 우리를 자기 앞으로 불러내 기도를 하던 다른 무당은 우리를 계속 바라보다 휘휘 휘파람을 불며 툭툭 뭔가를 털어내듯 언니와 내 어깨를 몇 번 건드리더니 말했다.

"'삼촌, 도와주세요. 죄송합니다' 하고 기도해."

그래서 정말 온 마음을 다해 기도했다. 그럴 수밖에 없는 것이 우리에게 붙어있던 뭔가가 삼촌에게 가기라도 했던 것일까? 멍석에 묶여있던 삼촌이 마치 요가를 하듯 허리를 뒤로 꺾어 상체를 들어 올리는데 바닥에 팔을 대고 버티는 것도 아니고 어린 나이의 내 눈엔 삼촌이 줄에 매달린 채 허리가 공중에 떠 있는 것 같은 모습이었다.

진짜 엉엉 울었던 것 같다, 죄송하다고. '뱀님, 뱀님, 삼촌 좀 도와주세요' 하며 울었다. 무당은 공중에 떠올랐던 상체를 바닥에 퍽퍽 부딪쳐 대는 존재에게 화도 내고 빌기도 하며 기도하다 점점 고조된 듯 삼촌의 주변을 통통, 뛰며 돌기 시작했다.

우리가 도착하기도 전에 시작됐던 굿은 해가 중천에 떠도 끝나지 않았다. 그 많은 뱀을 한 마리 한 마리 떠나보내 주는 것 같았는데 내가 무슨 뱀이다, 무슨 뱀이다, 할 때마다 방으로 뛰어들어간 무당이 뱀술 병을 하나하나 꺼내 바닥에 던져 깨부쉈는데 그 신이 될 뻔했다던 큰 구렁이 병과 우리가 보았던 그 뱀술 병의 주인은 나오지 않고 있었다. 나이 어린 우리도 울다 지쳤고, 모두가 지쳤을 때 용하다는 무당이 획, 돌아 큰무당 앞에 정좌하고 얌전히 앉았다.

"아이고… 아이고… 무지한 제자가 잘못했습니다. 한 번만 봐주시고…."

뭐 그런 식으로 이야기하는 큰무당의 말이 잘 기억나지 않는다. 지금 기억하는 대로 맞춰보자면 큰무당 앞에 정좌하고 앉은 용하다는 무당의 몸에 신이 될 뻔했던 뱀이 빙의해 나타났고, 큰무당이 그 뱀은 대화가 될 것 같아 도와달라고 빌었는데 그 뱀이 말했다.

[이 무지한 놈이 내가 기도하던 설산을 파서 나를 모욕하고 내 기도를 한 번에 무너뜨렸어도 이놈이 언젠가 이런 꼴이 될까 싶어 내 이 집에 붙어 조심시키고 있었건만, 뱀도 자식을 가지고 있으면 그 한이 높은데 제 새끼와 함께 타 죽은 한은 어쩌하며 죽어서도 자식과 함께하지 못하는 한을 또 어쩌할까. 내 마지막까지 무지한

놈을 지켜주고 싶었지만 말이 통하지 않는 것들은 나도 어쩔 수가 없구나.]

아마 알을 몸에 품은 뱀이었나 본데 솥에서 꺼내 술을 담글 때 뱀을 쭉쭉 짜서 쪼그라든 뱀 알을 빼 버렸다고 했다. 뱀은 그냥 가겠다고 고집을 피우고, 무당은 제발 그 다른 뱀이 큰일을 낼 놈이니 제발 좀 도와달라며, 꽤 길게 실랑이하더니 한숨을 푹 쉰 무당이 알겠다고 고집을 접고 큰무당의 말에 수긍하는 듯했다.

굿은 그렇게 끝났다.

모두 뱀이 나간다고 하면서 땀을 뻘뻘 흘리며 점점 바뀌는 삼촌의 행동을 보며 신기했다. 정말 용한 무당이다, 무섭다, 떠들어댔는데 다 끝났다고 하며 삼촌의 등을 툭툭 두드리던 무당이 이름을 물어보니 이제까지 쉭쉭, 소리만 내던 삼촌이 더듬더듬 자기 이름을 말하는 것이다. 내가 본 것은 그것이 끝이다.

외할머니가 이제 됐으니 우리 애들은 집에 가면 안 되냐고, 조금 화가 난 목소리로 말씀하셨기 때문이었다. 이제 괜찮다고, 돌아가도 좋다는 말에 등을 돌려 집으로 돌아가는데 나도 모르게 혼잣말이 나왔다.

"아닌데, 새끼들이랬는데…."

아무도 듣지 못하고 오직 우리 할머니만 들은 그 이야기. 이렇게 이야기는 끝이 난다. 굿은 성공했고, 삼촌은 서울에 사는 고지식한 사촌의 도움으로 정신과 치료를 받았고 몇 달 후 정상적으로 돌아와 지금은 결혼도 하고 자식도 낳고 잘살고 있다.

하지만 삼촌은 행복하지 못한 삶을 살고 있다.

삼촌 집의 어린 꼬마였던 동생이 중학교 1학년이 되어 재회하게 된 날, 우리 외갓집은 언니와 내가 친한 친구들이 놀러 와 여름방학을 즐기게 되었고, 그 동생을 포함한 일곱 명이 한밤중까지 같이 놀게 되었다.

여름밤에 할 일은 당연히 무서운 이야기의 교환이었고, 우리는 수많은 이야기를 교환하고 있었다. 갑자기 동생이 낮은 목소리를 내지 않았다면 우리는 계속 장난삼아 이야기를 이어갔을 것이다.

"누나, 기억나? 우리 삼촌."

방학 때 항상 삼촌 집에 갔던 동생은 삼촌과 밥을 먹고 있었는데 고개를 푹 숙이고 밥을 먹는 탓에 삼촌이 '에이씨, 또 떨어뜨렸네'라고 할 때까지 몰랐다고 한다.

고개를 들었는데 그 찰나, 떨어진 밥을 주워 입으로 가져가는 삼촌이 혀를 빠르게 서너 번 날름거리더란다.

이제는 이해했을 거라고 생각한다.

말이 통하지 않는 것들. 아무리 뱀술 병을 깨도 애초에 그 안에 들어가지도 않았던 새끼 뱀들은 그야말로 말이 뭔지 모르니 떠날 수 없었던 것이었다. 신이 될 뻔했다는 뱀은 그 어미 뱀만 데리고 갔던 것 같다.

그 후 할머니가 무당을 다시 한번 만나러 갔지만, 애초에 언어란 것을 습득하지 못해 대화 자체를 할 수 없는 것들은 떼어낼 수도 없다는 대답을 듣고 돌아왔다고 한다.

우리 외가 쪽 삼촌의 친구라서 소문으로는 아직도 삼촌은 결혼하여 그 집에 살고 있지만, 아내와는 괜찮은데 자식들과는 이상하게 사이가 좋지 않아, 자식 셋 모두 집을 나가 생활하고 있다고 한다. 아직도 아니, 이 현상은 영원히 해결되지 않는다는 답을 얻은 후 그렇게 살고 계신다고 한다.

마지막으로 미물이라 하여 영혼을 가진 것들을 함부로 하지 않길 바란다. 그 한이 너무 커지면 가라앉혀 놓았던 한까지 끌어 올릴 수도 있기 때문이다.

우리 할아버지는 내가 태어날 때쯤 돌아가셨다. 할아버지가 돌아가시면서 남긴 빚 때문에 할머니는 작은 초가집과 큰 집을 팔고 남은 돈을 가지고 서울 송파구 작은 아파트로 이사와서 사시게 됐다.

매년 명절이 되면 할머니는 할아버지의 오래된 초상화를 놓고 제사를 지내신다. 워낙 아끼고 사셔서 사진 한 장 안 찍어 두는 바람에 할아버지의 실물을 실제로 본 적이 없다.

우리 친정집은 식구가 많은 편이다. 할머니와 6남매에 며느리 셋, 손자와 손녀들 그리고 증조할머니. 그중에 증조할머니와 막내 고모에 대해 이야기하려고 한다.

증조할머니는 나이가 엄청 많으셨다. 90세가 넘은 나이였고 그때 당시 최고령이셨다. 굉장히 왜소한 체구에 기역 자로 구부러진 허리, 하얗게 센 머리에 그마저도 없는 머리숱을 모아서 작은 은비녀로 쪽을 지셨다. 치매도 있어서 할머니가 고생을 좀 하셨던 걸로 안다.

명절 전날에 가면 늘 증조할머니께서 아파트 입구 앞 계단에 앉아 증손주들이 언제 오나, 기다리셨다. 고쟁이 주머니에 큰 알사탕을 가득 넣어두시고 말이다.

차에서 내려 "증조할머니" 하고 부르며 달려가면 "오구오구~ 우리 박사야, 박사야~" 하며 반겨주셨다. 그리고 집으로 올라가면 안방으로 동생과 내 손을 꼭 잡고 들어가셔서 고쟁이 주머니에서 알사탕을 꺼내 먹으라고 주셨다. 치매 때문에 사탕 준 걸 잊어버리고 계속 주시니까 할머니가 손주들 이 썩는다고 증조할머니를 핀잔주면 이렇게 말씀하시곤 했다.

"아이고, 늙으면 얼른 죽어야지!"

"죽는다는 사람치곤 빨리 죽는 꼴 못 봤네."

그렇게 할머니와 증조할머니 두 분은 옥신각신하셨다.

1999년 추석 연휴.

그날도 명절 전날 할머니가 계신 아파트에 도착했는데 늘 그렇듯 아파트 입구에 증조할머니가 나와 계셨다. 반가워서 증조할머니를 보며 뛰어갔는데 증조할머니가 좀 젊어 보이는 할아버지와 이야기를 나누고 계시는 게 보였다.

하얀 두루마기를 입은 모습이었는데 얼굴이 낯익었다.

어디서 봤지, 하고 우뚝 서 있었는데 뒤따라오던 엄마가 앞서며 그 할아버지를 보고 가볍게 묵례하셨다.

"날이 아직 차요, 어서 들어가세요."

그리고 증조할머니를 모시고 아파트로 올라가셨다. 나도 얼른 엄마를 따라 올라가는데 그 할아버지가 나를 보고 빙긋, 웃으시는 것이다. 그래서 나도 꾸벅 인사를 하고 바로 할머니 집으로 올라갔다. 뒤에서 오던 동생이 나를 툭툭 치며 이렇게 말했다.

"누구 보고 인사하냐?"

"저기, 할아버지 있었잖아."

"뭐야? 아무도 없었어. 으… 귀신 본 거냐?"

그 말에 나는 동생을 쥐어박았다.

할머니 집으로 들어오면 증조할머니는 항상 고쟁이 주머니에서 왕사탕을 꺼내 주셨는데 이날은 뭔가 좀 이상했다. 고쟁이 주머니가 아닌 안방 서랍장에서 왕사탕을 모아둔 커다란 봉지 두 개를 꺼내 나와 동생에게 나눠주시는 것이었다.

"박사야, 우리 박사들 사탕 많이 먹으면 안 돼요. 하루에 하나씩만. 이 봉투는 할미가 주는 세뱃돈이란다."

흰 봉투 두 개도 동생이랑 나한테 하나씩 주셨다.

"증조할머니, 설날 아니에요. 내일은 추석이에요. 할머니 어디 가요?"

동생이 물었는데 할머니는 또 그냥 박사야, 박사야, 하시며 쓰다듬기만 하셨다. 세뱃돈도 미리 받았겠다, 동생하고 난 완전 신이 나서 엄마한테 뺏기기 전에 몰래 나가 바로 문방구로 뛰었다.

스티커 인형 옷 입히기도 사고 뽑기도 왕창 하고 과자 두세 봉지 들고서 폴짝폴짝 뛰며 할머니 집으로 돌아오는데 아파트 입구 앞에 증조할머니와 이야기를 나누던 그 할아버지가 또 서 계시는 게 보였다. 그냥 지나가기가 그래서 꾸벅 인사를 했는데 나를 보고 또 빙긋 웃으며 말씀하셨다.

"둥아, 아빠 속 많이 썩이면 안 된다."

내 이름은 어떻게 아신 걸까? 물어보려는데 동생이 오는 걸 보고 다시 앞을 보니 할아버지는 어딜 가셨는지 사라져 물어보질 못했다. 입구에서 두리번거리다가 동생한테 얼른 오라고 손짓했는데 동생이 신나서 달려오다 갑자기 우뚝 섰다. 순간 뒷덜미가 서늘했다. 엄마가 도깨비 같은 얼굴로 노려보고 계셨기 때문이다.

우리는 미리 받은 세뱃돈을 압수당하고, 아파트 입구에서 비 오는 날 먼지 나도록 맞았다. 추석 전날 저녁이 되었고, 식구들은 다 모여 제사 음식을 준비하느라 정신이 없는데 늘 안방에만 계시던 증조할머니가 아끼던 한복을 곱게 차려 입으시고 머리도 단정히 빗고 나오셨다.

"아이고 엄마! 정신없으니 나중에 나와요!"

할머니가 이렇게 말하는데도 아랑곳하지 않고 나오셔서 아버지와 친가 식구들 등을 하나하나 말없이 쓸어주시더니 제사 음식을 준비하는 거실 한편에 앉으셔서 가만히 식구들 얼굴을 바라보셨다.

오랜만에 고운 한복 입은 모습을 보여주고 싶었냐고, 작은엄마가 농담하셨는데 조용히 미소를 지으며 눈을 맞추시더니 기침을 쿨럭쿨럭하다가 갑자기 쓰러지셨다.

순간 제사 음식을 준비하던 식구들이 얼마나 놀랐는지 할머니는 증조할머니에게 달려들어 부르시고, 손가락 발가락을 다 바늘로 찔러 따고 얼굴을 때려도 정신을 못 차리셨다. 쇳소리가 섞인 숨소리가 들리다 희미해졌다. 아버지가 증조할머니를 업고 현관문을 나서는데 아파트 입구에서 본 할아버지가 증조할머니를 업고 가는 아버지 뒤를 따라가는 게 아닌가.

엄마는 나랑 동생은 막내 고모와 집에 있으라는 말을 남기고 아버지를 따라가셨다.

추석 당일 아침, 아버지는 증조할머니께서 돌아가셨다며 나와 동생, 막내 고모를 데리러 오셨고 그날 우리 집은 제사를 지내지 못했다. 병원에서는 증조할머니께서 기침하다 가래가 기도를 막아 호흡곤란으로 돌아가셨다고 했으며, 병원에 도착했을 때는 이미 숨이 멎은 후였다고 한다. 그때 증조할머니 나이가 아흔 여덟이셨으니까….

할머닌 맨날 죽어야지 하다 진짜 가셨다며 서럽게 우셨고, 문상 오신 친지 어르신들은 자손들 편하라고 병치레 안 하고 가셨다며, 호상이라고 할머니를 다독여 주셨다.

세월이 흘러 내가 고1이 되던 해, 막내 고모는 동갑내기 고모부를 만나 결혼했고 첫째 딸인 내 사촌 여동생이 태어났다.

내가 스물네 살이 되던 해 막내 고모는 둘째이자 막둥이 딸을 임신했고 임신 막달쯤 고모가 유방암에 걸린 사실도 알게 됐다. 막내 고모가 노산에다 암이라 가족들 모두 걱정했지만 임신 기간 동안 잘 버텨주었고 출산 후 어린 막둥이를 위해 힘을 내서 암을 이겨내셨다. 병원에서도 향후 3년 이내에 재발하지 않으면 완치라고 했고, 가족들 모두 막내 고모를 축하해 주었다.

그 후 4년 뒤, 나 역시 지금의 남편과 결혼 날짜를 잡게 되었고 2년 동안 바빠서 명절에 할머니 집엘 못 갔다. 오랜만에 친가 가족들도 보고 신랑 인사도 할 겸 해서 할머니 집으로 향했다. 내 신랑 될 사람 보겠다고 일가친척들이 다 모였고, 막내 고모의 첫째 딸과 4살 된 막둥이 딸도 와 있었다. 그런데 오랜만에 본 막내 고모의 모습이 많이 말라 있었다. 걱정스러워서 고모에게 물었다.

"고모, 괜찮아?"

"응, 재발했는데 괜찮아. 잘 잡혀가고 있어 걱정하지 마."

고모는 어색하게 웃으면서 말했다. 머리에 비니모자를 쓰고 있었는데 약 때문에 머리가 빠진다면서 네 살 된 딸이 매달리며 모자를 벗기려 할 때마다 못 하게 하느라 좀 버거워했다.

그렇게 가족 인사를 마쳤고 내 결혼식 당일, 신부 대기실에서 막내 고모가 와서 축하한다고 하는데 증조할머니 때 만났던 그 할아버지가 하얀 양복을 입고 막내 고모 뒤에 서 계셨다. 좀 이상하긴 했는데 결혼식장이라 정신이 없기도 했고, 할머니하고 아시는 분이신가 해서 가볍게 묵례만 했다.

1년 뒤, 한참 일하고 있는데 아버지에게서 연락이 왔다. 막내 고모의 암이 손을 쓸 수 없게 되었다고 말이다. 암이 다른 곳으로 전이하면서 림프관을 타는 바람에 혈관 곳곳에 암이 퍼져버렸고 더 이상 항암 치료를 할 수 없게 되어 오늘내일한다며 오열

하셨다.

전화를 받고 나도 너무 놀라서 일을 끝내자마자 남편과 같이 차를 타고 막내 고모가 있는 병원으로 향했다. 도착하자마자 병실로 뛰어갔는데, 고모 병실 앞에 그 하얀 양복을 입은 할아버지가 슬픈 얼굴로 고모의 병실 문을 바라보고 계시는 게 아닌가.

왜 여기에 계시지? 하는 생각이 들긴 했지만, 마음이 급해서 가볍게 묵례만 한 뒤 병실로 들어섰다.

살은 거의 없고 바싹 말라서 뼈만 앙상하게 있던 막내 고모. 앉아있기도 버거운지 첫째 고모 품에 안겨 있었고, 아버지랑 작은아버지는 등을 돌려 울고 계셨다. 막내 고모의 첫째 딸도 서럽게 울기만 하고 둘째 딸이자 막둥이는 이런 상황이 싫기만 한지 소파에 앉아 핸드폰으로 뽀로로만 보고 있었다.

'아… 왜 이제 왔을까?'

막내 고모에게 너무 미안해서 눈물이 쏟아졌다.

"고모… 둥이 왔어요."

목이 멘 목소리로 고모 손을 잡으니 고모가 허공을 보면서 내 손을 쓰다듬었다. 막내 고모를 안고 있던 첫째 고모가 옷소매로 눈물을 훔치시면서 말했다.

"막내야, 둥이 왔네. 목소리 들리지? 둥아, 막내 고모 눈이 안 보여… 목소리만 들릴 거야."

난 연락 자주 못 한 것도, 늦게 온 것도 그냥 다 미안해서 고모 손을 잡고 미안하다고, 늦게 와서 미안하다고 울었다.

막내 고모가 허공에 손짓하며 둘째 막둥이를 찾았는데 막둥이는 고모가 무서운 건지, 친지들이 고모 옆으로 끌고 가도 자꾸 몸을 빼며 가까이 가려 하지 않아 가족들 모두 안타까워했다.

두 시간 정도 지났을까. 쓰러지신 할머니가 깨어났다는 소식에 친척 가족들이 다 할머니 병실로 갔고 난 정신을 못 차려서 막내 고모 옆에 멍하니 앉아있었다.

한참을 멍하니 있는데 병실 문밖에서 누군가가 서럽게 우는 소리가 들려왔다. 나도 모르게 일어나서 병실 문을 열었는데 고모 병실 문밖 복도 의자에 그 하얀 양복을 입으신 할아버지가 가슴을 막 쥐어뜯으며 울고 계셨다.

"할아버지, 왜 울고 계세요?"

"내 새끼… 안쓰러워 어쩌나. 불쌍해서 내가 어찌 데려갈꼬. 내가 어찌 데려갈꼬…."

낯익기도 하고 결혼식장에서도 본 적이 있어 혹시 우리 가족 중 아는 사람인지, 물어보려는데 할아버지가 가슴을 주먹으로 치면서 너무 서럽게 우셔서 가만히 옆에 앉아있을 수밖에 없었다.

잠시 후 남편이 병원 복도를 뛰어오며 할머니가 나를 찾는다며 얼른 오라고 불렀고, 나는 할아버지에게 가볍게 인사하고 할머니를 뵈러 갔다. 할머니는 바쁠 텐데 왔냐며, 나를 안아주셨고 밤이 늦었으니 집에 가 있으면 연락하겠다고 가라고 하셨다. 시간이 새벽 1시가 좀 넘어서 남편도 출근해야 했기에 일단 나와 남편은 집으로 돌아왔다.

그리고 그날 밤, 꿈을 꿨는데 꿈에 병실 문 앞에서 서럽게 우시던 할아버지가 막내 고모의 손을 꼭 잡고 계셨다.

"아가… 이만 가야 한다. 더 늦으면 안 된다."

그리고 고모를 품에 안으려고 했다. 그러자 막내 고모는 할아버지에게 손이 잡힌 채 주저앉아서 말했다.

"아버지, 나는 못 가. 내 딸 이제 다섯 살인데 사랑한다고 말도 못 했는데 내 딸 두고 어딜 가요. 아버지 제발… 제발….″

그렇게 애원하는 고모의 손을 꼭 잡고 무덤덤하게 끌고 가셨다. 나는 고모를 외치다 작은아버지에게 온 전화 소리에 놀라서 깼다. 그리고 많이 잠긴 목소리로 작은아버지가 말씀하셨다.

[둥아, 고모… 갔다….]

그 말을 듣는 순간 하늘이 노래졌다. 남편은 출근해야 해서 보내고, 나는 검은 옷을 챙겨 입고 막내 고모의 장례식장에 도착했다.

장례식장에 고모 사진이 걸려있는 게 실감이 나지 않았다. 사진이 있는 게 너무 어색하고 이상해서 장례식장 안으로 발을 들이지 못하고 한참을 바라봤다. 첫째 고모가 악을 쓰듯 울고 있었다.

"못난 것아! 저 어린 거! 저 어린 걸 두고 발이 떨어지더냐. 아이고!"

그렇게 가슴을 치며 우셨고 막내 고모부는 첫째 딸 손을 꼭 잡고 부은 눈으로 문상객을 맞이하셨다.

잠시 후 작은엄마가 막내 고모의 막둥이 손을 잡고 오셔서 밥은 먹었냐고 물어보시는데 난 그냥 힘없이 웃었다. 막둥이는 자기 엄마가 죽은 걸 모르는지 바람개비를 만들었다며, 막내 고모 장례식장 앞 복도를 까르르, 웃으며 뛰어다녔고 문상객들은 그 모습을 보고 안쓰러워했다.

그렇게 삼일장이 끝나고 막내 고모를 화장하고 돌아오는 날, 엄마께서 말씀하셨다.

"막내 고모… 엄마 꿈에도 왔다가 갔다. 인사하고 떠나더라."

그 말에 목이 메어서 한참 동안 말을 못 하다가 막내 고모가 돌아가시던 날의 꿈과 그 할아버지가 걸려서 엄마에게 이야기했다.

"그 할아버지는 네 친할아버지야. 증조할머니 때도 막내 고모 때도 저승사자로 데리러 오신 거였어. 고모 좋은 곳으로 갔을 테니 너무 걱정하지 마."

　가족이 죽으면 세상이 멈출 줄 알았는데, 다른 사람들은 아무렇지 않게 출근하고 떠들고 가는 걸 집으로 오는 차 유리 너머로 보면서 마음이 참 쓸쓸하고 휑했다.

　막내 고모가 돌아가시고 세월이 흘러 나도 세 아이의 엄마가 되었고 또다시 꿈을 꾸게 되었다. 현관문이 예쁜 집에 찾아가서 문을 두드리면서 여기 막내 고모 있는 거 안다고, 문 좀 열어달라고 했다. 문이 열리고 좀 통통한 아주머니가 빼꼼, 고개를 내밀더니 내가 찾는 고모는 여기에 없다면서 가라고 하는데 내가 막무가내로 그 사람을 밀치고 들어가 고모를 찾았다.

　큰 방에 예쁜 아기들이 옹기종기 모여있는데 그 가운데 막내 고모가 나를 보고 웃으면서 서 있었다. 내가 반가워서 고모를 부르며 가까이 갔는데 다가가면 갈수록 고모가 점점 작아지더니 비로소 앞에 섰을 때는 완전히 아기로 변해 있었다.

　내가 밀쳤던 아주머니가 내 뒤에 따라와서 난 여기에 들어와서는 안 된다며, 얼른 나가라고 문밖으로 내쳤고 이내 꿈에서 깼다. 꿈 내용이 하도 신기해서 엄마에게 전화해서 물었더니 웃으며 이렇게 말씀하셨다.

　"네 막내 고모⋯. 이제 환생하려나 보다."

이번 추석 때 할머니 댁에 가서 할머니께 꿈 얘기를 해드렸고, 할머니께서는 막내 고모 사진을 꺼내 보시더니 잘된 일이라고 하며 조용히 웃으셨다.

막내 고모의 첫째 딸은 고등학생이 되었고 다섯 살이던 막둥이는 초등학교 3학년이 되었다. 아직도 막둥이는 막내 고모가 멀리 여행갔다고 믿고 있다.

상처받을까 봐 막내 고모부가 이야기해주지 않았고, 가족들도 고모부가 말할 때까지 함구하고 있다. 나도 세 아이의 엄마가 되고 보니 고모의 발길이 쉽게 떨어지지 않았을 거라고 마음 깊이 이해하게 되었다. 언젠가 사실을 알게 되더라도 많이 아파하지 않았으면 좋겠다.

이번 이야기는 엄마 친구의 아들 이야기이며 귀신이나 신기한 현상에 관한 것이 아니라 알려지지 않은 사람이라는 더 무서운 존재로 인해 벌어진 잔혹 범죄를 포함하고 있다. 그런 이유로 몇 번을 꺼내려다 집어넣길 반복하며 무수히 고뇌했던 이야기이다.

때는 1980년, 내가 막 초등학교 1학년이 되던 해였다.

그때는 아이들이 무척이나 많았던 시대라서 1학년부터 3학년까지는 한 교실을 두 개의 학급이 사용했다. 운동장에서 교실을 보면 1-3, 4라는 표시와 3-5, 6이라는 표시를 하얀 종이로 오려서 붙여 놓았다.

옆 반이지만 놀러 갈 수 없었고, 얼굴도 마주치기 어려웠으며 4학년이 될 때까지는 일부러 만나질 않았다. 그럴 수밖에 없는 것이 한 반은 오전반이고 나머지 반은 오후반이라고 불렀는데 오후반은 1시 반까지 등교했다.

어느 흐린 날, 나는 1학년 3반, 즉 오후반이었고 우리 언니는 3학년 6반 오전반이었다. 나는 언니가 오기 전 손수건을 이름표에 매달고 학교에 갈 준비를 하고 있었다.

성당에 다니는 아주머니가 계셨는데 우리는 이분을 멜라나 아주머니라고 불렀다. 이분은 항상 낮에 우리 집에 오셨는데 이 날은 아주머니께서 놀러 오지도 않으셨고, 아침에 언니가 학교에 갈 때쯤 편찮으시다고 전화하셨던 걸로 기억한다.

아주머니는 늘 아들 자랑을 하셨는데 착하고 사려 깊으며, 이야기만 들어도 훈훈해지는 천사 같은 오빠였다. 그 오빠 이름은 지수였고 그 위로는 당시 고2였던 오빠의 누나 영숙이 언니가 있었다.

"우리 지수는 누나하고 나이 차이가 커서 너를 동생 삼아서 잘 놀아줄 텐데, 오전반과 오후반으로 나눠지고 그래서 그게 참 쉽지 않다. 방학이 되면 아줌마네 놀러 와서 지수 오빠랑 놀자. 알았지?"

그때마다 나는 힘차게 끄덕였다. 등교 시간이 좀 남았다면 우리 집에 사 놓은 감기약이라도 갖다 드렸을 텐데 어린 내가 알뜰 소비자 연쇄점을 지나쳐 그 집에 가기엔 너무나도 멀었다.

그때는 동네마다 연쇄점이라고 부르는 곳이 있었는데 구멍가게보다는 크고 슈퍼마켓보다는 자그마한 가게들이 꽤 많았다. 우리 동네엔 '알뜰 소비자 연쇄점'이라는 이름이었다.

그렇게 학교에 갔을 때 교실은 난장판이었다. 아이들의 떠드는 소리가 가득한 와중에 각 교실에 방송이 나왔는데 너무 시끄러워서 듣기가 좀 힘들었다. 그래서 스피커 밑으로 가서 듣게 되었는데, 떨면서 우는 듯한 목소리가 흘러나오고 있었다.

[오후반 학생 여러분, 우리 학교 학생이 한 명 사망했다고 합니다. 오후반 학생들이 등교하기 전 그런 일이 벌어졌다고 하는데 지금 선생님들도 상황을 파악하시느라 전부 교무실에서 전화를 받고 계십니다. 어린이 여러분, 지금 집에 가면 안 된다고 합니다.

경찰서에서 지금은 하교시키지 말라고 하니 조금만 기다렸다가 괜찮을 때 하교합시다. 1~3학년 오후반 학생들, 4~6학년 형이나 누나들과 함께 하교시키겠습니다.]

방송을 제대로 듣고 있는 아이는 1학년 중에 나밖에 없었던 것 같다. 이상하게 이날 방송은 꼭 들어야만 할 것 같았는데 이런 내용이라니…. 그리고 이번엔 교장 선생님 같은 분이 우시며 말씀하셨다.

[우리 학교 3학년 5반 유지수 군이… 알뜰 소비자 연쇄점에 서…]

순간 눈이 번쩍 뜨였다.

'어? 유지수? 멜라니나 아주머니 아들 이름 아닌가?'

아주머니께서 매일 자랑하시던, 아직 만나보지는 못한 지수 오빠가 몇 반이었나 생각하고 있었다. 언니랑 옆 반이지만 만나지 못하는 3학년 5반인 오후반…. 뭔가 생각이 거기까지 미치자 당황스러웠다.

방송 내용은, 알뜰 소비자 연쇄점 앞에서 정신이 나간 사람으로 인해 오빠가 죽임을 당했고, 그 사람을 잡기 위해 경찰 외에도 전경이 투입됐다는 것이었다. 그리고 그 일대에 최루탄을 쐈으니 어린이는 안전해지고 난 후 집에 가라는 것이었다.

나는 방송을 들으면서 아주머니 얼굴부터 떠올랐다. 그리고 곧 울기 시작했다. 1980년 당시에는 인터넷이나 삐삐, 휴대폰 등도 없던 시절이라 지금처럼 실시간으로 사건을 알 방법이 없었다. 그래서 아이들은 하교하지 못한 채 꽤 오래 학교에 머물러 있었다.

집에 갈 때는 선생님들이 급하게 등사실에서 롤러로 인쇄하신 가정 통신문을 한 장씩 쥐여주셨고, 모두 고학년과 함께 짝지어 큰길로만 가라고 당부하셨다.

이 사건이 상당히 잔혹한데도 신문에 단 한 줄도 나오지 않았다는 게 이따금 슬퍼졌다. 집에 갔더니 부모님께서 아주머니께 가신다며 나가셨다. 그리고 그 이후 한동안 멜라니나 아주머니와 영숙 언니는 우리 집에 놀러 오지 않았다.

몇 년이 지나서 엄마의 심부름으로 아주머니 댁에 갔는데 아주머니께서는 거의 누워만 계시고 그 예쁘던 모습이 하루아침에 할머니처럼 폭삭 늙어버리셨다. 아주머니께서는 소주 한 잔을 들이켠 후 어려운 이야기를 꺼내셨다.

"사람이 제일 무서운 거란다. 눈빛이 이상하면 무조건 도망가거라. 우리 지수처럼 되지 말고, 꼭 살아. 알았지?"

아주머니께서는 그날이 인생에서 가장 후회되는 날이라고 하셨다. 날씨가 을씨년스럽고 묵직했고 머리도 지끈거려 몸살감기인가 싶어서 그날은 머리를 싸맨 후 감기약을 먹고 낮잠을 자면 괜찮을 거라 생각해서 이불을 덮고 계셨단다.

컨디션이 안 좋다 보니 아들이 오후반 등교라는 걸 알아도 워낙 다 잘하는 아이였던데다 어른보다도 배려심이 있던 아들이라서 조용히 아들을 불렀다.

"지수야… 엄마가 몸살이 좀 왔어. 어떡하지… 오늘은 점심을 못 차려줄 것 같아. 엄마 지갑 가지고 와 봐. 가게에서 빵하고 우유 사서 먹고 가자. 크림빵이랑 우유."

"엄마, 아프지 마요. 이건 너무 많아요. 삼백 원만 있으면 되는 데…. 얼른 나아요. 내가 엄마 빵도 사 올까? 나도 누나처럼 엄마 죽 끓일 줄 알면 좋겠는데 못해서 미안해요."

"엄마가 진짜 미안해서 그러니까 이천 원 가지고 가서 너 먹고 싶은 거 많이 사. 괜찮아 가져가. 지금 가게 갈 시간은 되니? 내가 아프다 보니까 네게 신경을 못 쓰네. 엄마가 정말 미안해, 지수야. 아니면 학교 교문 앞에서 사 갈래?"

"아냐, 시간 돼요. 나 3학년이야. 내가 금방 가서 사 올게요. 엄마 것도 같이 사서 엄마랑 먹을래. 엄마도 뭐 드셔야 해요. 그래야 약 먹고 얼른 낫지. 내가 다녀올게."

"어디로 갈 건데?"

"응, 알뜰 소비자 연쇄점. 거기가 제일 가깝잖아."

"딴 데 가. 거기 좀 음산해. 개성상회로 가."

"아냐, 오늘은 연쇄점에 갈래요. 거기도 손님이 있으면 좋잖아요."

항상 남을 생각하는 아들이었다고 했다. 그 모습이 멜라니나 아줌마가 본, 사랑하는 아들 지수의 마지막 모습이었고 그 미소가 잊히지 않는다고 하셨다.

아들이 엄마 앞에 꺼내 주고 간 약봉지, 아이가 오면 빵이라도 먹고 배웅해야겠다고 생각하며 억지로 몸을 일으켰는데 1시가 넘어도 아들의 가방이 마루에 그대로 있었다고 한다.

뭔가 느낌이 이상해진 아주머니는 급하게 몸을 일으켜 아들을 찾으러 나가셨다. 혹시 거절을 못 해서 친구에게 붙잡혀 놀다가 늦었나 싶어서 말이다. 아파서 챙겨주지 못한 자기 탓이라고 생각하며 아들의 이름을 목 놓아 부르며 문제의 그 연쇄점에 가게 되었다. 그런데 비가 곧 쏟아질 듯 하늘이 어두워졌고, 아들 걱정이 되던 차에 어디서 많이 보던 운동화가 연쇄점 바닥에 떨어져 있었고, 뭔가 비릿하고 역한 냄새가 났다고 한다.

그리고 이상한 살기와 괴성이 들리고 둔탁한 망치질 소리가 땅을 울리고 있었다. 고개를 들어 그쪽을 보니 엄청난 거구의 남자가 눈이 돌아간 상태로 커다란 망치를 들고 뭔가를 끌며 바닥을 쓸고 다니다 다시 짓이기는데, 자세히 보니 지수의 옷이 보였다고 했다.

아주머니는 사람들에게 도와달라고 외쳤고 경찰이 출동했으나 이미 아들은 목이 없는 시체가 된 채 등을 돌리고 아주머니 앞에 누워있었다고 한다. 도대체 이게 무슨 일인지 그 가게 부부를 잡아서 물어보니 범인은 자기들의 아들이며, 정신병에 걸렸

80

는데 병원에는 차마 못 보내겠어서 데리고 있었단다.

그리고 점차 체구가 커져서 둘이 감당을 못하니 연쇄점 안에 작은 광 같은 곳에 아들을 짐승처럼 가두고 자물쇠를 걸었는데 그날은 날이 흐리고 비가 올 것처럼 어두워지니 유난히 더 울부짖으며 문을 부수고 나왔다고 한다. 망치를 들고 문을 부수고 나오니 부부는 무서워서 멀찌감치 도망치듯 나왔고 아들을 제압하거나 신고도 못 하고 있었고, 손님이 들어왔다가 죽는 광경을 지켜볼 수밖에 없었다.

190센티미터가 넘는 장신인 데다 광견병에 걸린 듯한 상태여서 경찰들이 공포탄을 쏘고 에워싸도 제압되질 않아 데모를 진압하는 전경들이 와서 최루탄을 쐈다고 한다. 그리고 남자를 체포해갔는데, 가게 주인들도 잡혀갔지만 아주머니께서는 경찰과 전경의 위로를 받으면서 아들을 안고 목 놓아 울었다.

이 이야기는 몇 년이 지나도 너무 먹먹하고 눈물이 난다. 근대화 연쇄점 사진만 봐도 슬프다. 아주머니는 언니보다 나를 유난히 예뻐해 주셨는데 그날 아들 사건에 대해 모두 기억해줘서 고맙다고 하셨다. 또한 모두 아들에 대한 추억을 듣는 걸 힘들어했지만, 나는 잘 들어줘서 고맙다고 하시며 편하게 아들에 관한 이야기를 하셨다. 서울을 떠나며 다니던 성당도 바뀌어 지금

은 아주머니의 소식을 들을 수 없지만, 이 이야긴 잊을 수 없을
것 같다.

　그 연쇄점 부부는 정말 비겁했고 그 일 이후 귀신은 그렇게
무섭지 않지만, 사람은 무섭다는 것이 확실하게 각인되었다.

이상한 동굴

AM
FM

광쇠기님

해안 초소와는 동떨어진 군부대 뒤쪽 구역의 담벼락 아래는 언덕 경사로 되어 있는데 그 아래 일부 구간에는 2미터가량의 직각 암벽이었다. 그리고 암벽 일부는 콘크리트로 이불처럼 완전히 덮어버린 곳이 있다.

콘크리트 안쪽은 왜정 때인지 아니면 한국전쟁 당시인지, 언제부터 존재했는지 알 수 없는 데다, 용도 역시 아무도 모르는 공간으로 연결된다. 내가 그 안까지는 직접 들어가 보지 않았으나 사람들의 말로는 끝을 모를 정도로 꽤 깊다고 했다. 도대체 내부의 정체는 무엇일까?

그곳은 아무도 출입을 못 하게 오래전부터 입구를 봉하고 굳게 잠가둔 철문이 하나 있었다. 처음에는 그 철문이 무슨 용도로 있는지 내부가 무엇인지 아무도 몰랐고 아무도 관심이 없었다. 단지 병사들은 보안상의 목적이거나 사용을 안 해서 그렇게 잠가두었나보다 여기는 정도였다.

사건의 발단은 전에 사용하던 동쪽 구역에 있는 탄약고가 지은 지 오래되어서 그런지 아니면 부실인지 균열이 발생하고 빗물이 새면서 시작되었다. 상부에서는 낡은 탄약고를 수리할 동안 비워두고 임시 탄약고로 사용할 곳을 찾다가 항상 잠겨있던 그곳에 처음으로 관심을 갖게 되었다.

철문에는 독특한 이중 걸쇠가 끼워져 있다. 그 끝부분에는 그 당시에도 쓰이지 않고 나도 생전 처음 보는 두툼하고 둥근 자물쇠가 채워져 있었다. 상부에서 처음에는 열쇠를 찾았으나 열쇠는커녕 도대체 문이 무슨 용도로 왜 여기에 잠겨있는지조차 아는 이는 아무도 없었다.

자물쇠도 덕지덕지 녹이 슬어 열쇠가 있어도 열리지 않을 것 같았다. 그래서 철문을 따기 위해 그라인더로 걸쇠를 잘랐다. 하지만 경첩에 녹이 슬어 엉겨 붙은 것인지 아니면 안쪽에 알 수 없는 장애물이 있는지 아무리 발로 차고 망치로 두드려도 철문은 당최 꿈쩍도 하지 않았다.

나중엔 산소절단기를 가지고 와서 아예 철문을 네모나게 통

째로 도려냈다. 생각보다 두꺼운 철문의 두께에 놀랐는데 철문 너머에는 약 3~40평 정도의 퀴퀴하고 악취 나는 빈 공간이 있었다. 갱목인 듯 다 삭아 빠진 나무토막들이 덩그러니 먼지를 수북하게 뒤집어쓴 채 놓여있었다.

내가 확인한 것은 여기까지고 구석진 곳에는 더 깊은 내부로 들어가는 철문이 따로 있었다. 그 안에는 대위 한 명하고 부사관 몇 명이 들어갔다 나왔다. 나중에 이야기를 들었는지 부대 사령관도 와서 확인하고 갔다. 나도 들어가 보고 싶었는데 다른 일에 불려 가는 바람에 그러지 못했다.

나중에 듣기로 주임상사는 오래된 땅굴 같다고 했다. 그리고 소대장 말로는 인공적인 흔적이 있어서 왜정시대에 만든 지하 포진지나 큰 지하 벙커처럼 보인다고 했다. 그러고 보니 부대 주변에는 벙커인 듯 아닌 듯 알 수 없는 용도로 만들어진 시설 등이 의외로 여기저기 존재했다.

여하튼 상부에서는 철문 바로 안쪽의 3~40평가량의 빈 공간을 청소하고 임시 탄약고로 지정했다. 그리고 당연히 허가받은 사람이 아니면 못 들어가는 제한구역이 되었다. 이어 그곳에 보초를 두어 교대로 밤낮없이 지켰는데 언제부터인가 이상한 소문이 돌기 시작했다.

보초병들의 말로는 밤만 되면 그 안에서 자꾸 이상하고 잡다

한 소리가 들린다는 것이다. 특히 안개가 끼거나 비가 내리는 날은 더 유독 심하게 잘 들린다고 했다. 그 때문에 야간조 중 한 명이 신경쇠약으로 반쯤 미쳐서 국군병원으로 실려 간 적도 있었다.

그전에 해안 초소 사건도 있고 해서 상부의 눈치를 보면서 쉬쉬하는 가운데 소문은 소리 없이 퍼졌다. 훈련받거나 잠시 쉴 때 혹은 내무반에서 쉬고 있을 때 졸병들 사이에서는 단연 임시 탄약고 이야기부터 나왔다. 듣자 하니 소문도 적당히 부풀려진 느낌도 있었다.

"최 병장님, 탄약고 이야기 들었습니까?"

"응. 다른 중대 애들이 하는 이야기는 얼핏 들었는데, 무슨 소리가 들린다며?"

"네. 오늘 떨떨한 일병 하나 거기 보초 서다가 정신 이상으로 새벽에 또 실려 갔답니다."

"전 일병, 그게 정말이야?"

"네. 옆 내무반에 서영수 상병이라고 제 동기가 있는데, 망루에서 봤다고 합니다."

"도대체 거기서 무슨 소리가 들린다고 그래?"

"그게 말입니다. 고양이 소리 같은데 자세히 들으면 여자 우는 소리나 애 우는, 뭐 그런 소리가 주로 들린다고 합니다. 저하고 친한 3중대의 백대형 일병은 누가 자꾸만 자기 이름을 부르는 것을 들었다고 합니다."

"혹시 망루에서 가끔 들리는 이상한 잡소리 아냐? 아니면 부내 내에 몇 마리 돌아다니는 도둑괭이 소리겠지. 내가 아는데 고양이가 발정 나면 꼭 여자 소리나 애 소리처럼 운다니까."

참고로 이야기하는데 내가 있던 군부대에는 잡다한 괴담들이 너무 많았다. 그중에는 도저히 원인을 파헤치지 못한 괴현상도 더러 있었다. 대표적으로는 '땅속에서 들리는 이상한 소리'다. 그역시 날씨가 흐리거나 달이 없는 그믐날 주로 나타나는 현상이었다.

또한 '오르락내리락 귀신', '통신탑의 처녀 귀신', '이상한 신호가 잡히는 무전', '유령 화물차' 등 다른 유형의 괴담들도 몇 가지 더 존재했다.

"아닙니다. 최 병장님. 분명 여자나 애가 흐느끼는 소리라고 합니다."

"정신 차려! 하늘에 인공위성이 날아다니는 시대에 무슨 얼토당토않은 귀신이야. 진짜 귀신 씻나락 까먹는 소리 하고 있어."

당연한 말이지만 고작 고양이 소리 정도에 사람이 미쳐서 실려 가지는 않을 것이다. 게다가 개까지 거품 물고 쓰러지는 초소 사건까지 있었으니까. 나도 이런 쪽의 이야기를 은근히 좋아하지만, 고참으로서 졸병들이 하는 괴담에 마냥 똑같이 맞장구치고 있을 수 없는 노릇이었다.

나 같은 고참들까지 같이 거들면 졸병들의 생각이 거기에 박히게 된다. 그러면 기강은 해이해지고 여러모로 군 생활이 힘들어진다. 물론 갓 들어온 졸병들 겁줄 때 하는 귀신 이야기나 야간 경계 근무 중에 따분할 때 하는 귀신 이야기도 다 때와 장소를 봐가면서 해야 한다.

그 당시처럼 가뜩이나 흉흉한 소문이 돌 때는 특히 고참일수록 반드시 입조심을 해야 한다. 그런데 내색은 안 했지만 나 역시 임시 탄약고와 관련된 이야기에 관심이 많았다. 그러다 우연히 포상 휴가를 같이 나가게 된 옆 중대 박 상병과 기차 안에서 무료함을 달래려 잠시 이야기를 나누었다. 박 상병과 나는 공교롭게도 지역은 조금 달라도 같은 고향 출신이었다.

처음에는 부대에서 있었던 일에 대하여 서로 이런저런 이야기들을 나누었다. 그러다 박 상병이 임시 탄약고 보초로 바뀌었다는 말을 듣게 되었다. 이에 나는 기회라 여기고 박 상병에게 귀신 초소 이야기로 운을 띄우다 임시 탄약고에서 들리는 소리에 대해 슬쩍 물어보았다.

"박 상병! 거기서 무슨 소리가 들린다며?"

"아닙니다. 그런 일 전혀 없지 말입니다."

나도 여기저기서 들은 귀가 있는데, 입단속 지시가 있었는지 그런 일은 없다고 잡아뗐다.

"같은 고향 출신끼리 이러기야? 내 짬밥에는 말이야. 내무반에서 구들장 지고 가만있어도 다 들리는 소리가 있어. 그래서 다른 사람도 아니고 고향 후배인 자네한테만 살짝 확인하는 거야."

나는 박 상병을 슬슬 구슬렸고, 박 상병도 결국 비밀이라면서 손으로 옆을 가리며 속삭였다.

"최 병장님, 그게 말입니다. 저도 사실 새벽쯤에 서너 번 들었습니다."

"여자 목소리?"

"그게 여자 소리도 들리고, 애 소리도 들립니다. 그리고 동기 말로는 비명 같은 소리도 이따금 멀리서 들린다는데, 그 외 다른 소리도 들리고 뭔지는 구분이 어렵답니다."

"혹시 부대 내에 돌아다니는 도둑괭이 소리 잘못 들은 거 아냐?"

나의 반문에 박 상병은 아니라고 손사래까지 치면서 강하게 부정했다.

"아닙니다. 절대로 아닙니다. 우리 집에 고양이를 몇 마리나 키우는데 제가 아무럼 고양이 소리도 구분 못 하겠습니까?"

"그럼, 그게 무슨 소린데?"

"잘은 모르겠지만 그거 틀림없는 귀신 소리입니다. 그리고 이건 최 병장님께만 하는 이야긴데 말입니다. 우리 중대에 저와 같은 밀양 박 씨로 귀신 보는 이병이 하나 있습니다."

"진짜?"

"네, 그 이병 말로는 사람 소리는 절대로 아니라고 합니다. 아마도 그 안에서 많은 사람이 죽었을 거라고 했습니다. 그리고 어떤 이유로 유령들이 동굴을 빠져나가지 못한다고 합니다."

"그 이유가 뭔데?"

"저도 여기까지만 들은 대로 이야기하는 겁니다. 걔도 눈치 본다고 말을 아끼고 그래서 더는 뭐라고 말씀드리지는 못 합니다. 죄송합니다."

"아니야, 괜찮아."

"최 병장님. 제가 말했다는 것은 비밀입니다."

"당연하지. 나 그리 입 싼 사람 아니라고."

포상 휴가를 다녀오니 임시 탄약고에 귀신이 나온다는 소리가 부대에 파다하게 떠돌았다. 탄약 점검하러 들어간 소위하고 누구 한 사람이 갑자기 기겁하며 뛰쳐나왔단다. 탄약고로 쓰이는 구역보다 더 안쪽 구역에 서 있는 여자 귀신을 봤다는 것이었다.

거기는 민간인이 절대 있을 수 없는 곳인데 안쪽 구역에서 한복을 입고 머리를 길게 땋은 여자가 입에서 피를 줄줄 흘리면서 자기들을 빤히 보고 있더란다. 그래서 누구냐고, 랜턴을 비추니 그 여자는 휙, 하고 사라지더라는 것이다. 생각이고 뭐고 둘이 같이 보고 놀라서 뛰쳐나온 거라고 한다.

이 사건은 밤에 탄약고에서 소리가 들린다는 소문에 날개를 단 격이 되었다. 그러자 탄약고 괴담은 부대 전체로 퍼졌고 부사관 중에 누가 들어갔을 때는 희미한 어둠 속에 어린아이와 허리 굽은 노파를 봤다고 했다. 결국 상부에서는 조사반을 꾸려서 동굴 안을 샅샅이 뒤지게 했다.

그렇게 투입된 조사반이 동굴 끝까지 찾아 들어갔지만, 생각보다 깊은데다 군데군데 허물어졌고 붕괴의 위험까지 있어서 다 돌아볼 엄두를 내지 못했다고 한다. 그리고 안쪽은 천장에서 물도 뚝뚝 떨어지고 용도를 모르는 버려진 잡다한 물건들이 잔뜩 녹슬어 방치되어 있다고 했다.

게다가 워낙 상태가 엉망이라 도저히 사람이 있을 만한 곳은 아니고 사람이 드나든 흔적은커녕 사람 비슷한 그림자도 안 보였단다. 그래서 조사반은 아무것도 발견하지 못하고 그렇게 빈손으로 나왔다고 했다. 그리고 언제나 그렇듯 상부에서는 헛것을 본 것으로 간주했고, 결국 입단속시키는 선에서 그치는 듯했다. 그러다 저녁 무렵 탄약 가지러 들어간 모 중사가 자꾸 안쪽 통로에 이상한 누군가가 있다고만 했고 근처에 몰려간 사병들도 하나같이 알록달록한 게 자꾸 보인다고 서로 수군대면서 임시 탄약고 입구에서 서성였다.

다른 부대에 갔다가 도착한 대대장을 비롯한 장교와 부사관들 그리고 조사반이 들어갔다. 그리고 그들의 눈앞에서 땅으로 슈욱, 꺼지는 여자를 동시에 목격했다고 한다. 고운 색동저고리를 입은 열일고여덟 살 정도 되어 보이는 댕기 머리의 처녀인데 가슴에 죽창을 꽂고 있었다고 한다.

이는 앞서 여자 목소리나 혹은 몇몇이 목격했다는 머리를 땋은 여자와 어느 정도 일치하는 부분이었다. 그게 사람일 리는 절대로 없고 상식적으로 생각해도 틀림없는 귀신이었다. 그런데 도대체 그 여자 영가는 무슨 한이 있어서 동굴 안을 그렇게 맴도는 것일까?

결국 대대장은 이번 일에 대해서 중점적으로 조사하면서 듣거나 보았다는 사병들의 진술을 받았다. 그리고 무슨 생각이 있었는지 즉시 탄약들을 몽땅 다 들어내고 공사 조를 투입했다. 지반이 물러서 그런지 부분적으로 콘크리트로 마감한 가까운 바닥에서부터 파고들어 갔다.

브레이커로 단단한 콘크리트 바닥을 깬 뒤에도 장병들을 동원해 삽과 곡괭이로 땅을 파서 뒤집었다. 그런 식으로 탄약고로 쓰이는 구역에서 가까운 안쪽 동굴까지 바닥을 일정한 깊이로 파면서 들어갔다. 그러기를 사흘이 지나갈 무렵, 거기서 뭐가 나와도 나왔던 모양이었다.

듣자 하니 공사 조에서 갑작스러운 소란이 일었고 안쪽 동굴 바닥에서 다 삭아 빠진 죽창과 함께 색동저고리를 입은 여자의 시체가 나왔다고 한다. 아마도 한국전쟁 당시 학살된 것으로 추정되는데 희한하게도 옷이고 뭐고 하나도 썩지 않고 사망 당시의 모습 그대로 있더란다. 사람이 큰 원한을 품고 죽으면 시체가 안 썩는 경우가 있다고 들었다.

그렇게 시체를 양지바른 곳에 잘 묻어주고 제사라도 지내주자는 이야기가 나왔다. 그런데 대대장이 기독교여서 아니 모르몬교라던가? 아무튼 뭐 비슷한 그런 것을 믿는 걸로 아는데 종교적인 이유로 거부했다. 결국 죽창이 박힌 여자의 시체는 잘 수습한 다음 어디론가 싣고 가서 화장했다고 전해 들었다. 그리고 그 뒤에 말 많은 임시 탄약고는 어떻게 되었을까?

입구와 가까운 곳에는 여자의 시체를 끝으로 더 이상의 시체나 유골은 나오지 않았다. 그리고 안쪽 깊은 곳까지 전부 다 파고들어 가자니 여러모로 애로사항이 있었던 모양이다. 무엇보다도 브레이커가 암석을 때리는 진동으로 인해 균열이 가고 동굴이 무너질 위험도 있었던 것 같다.

그래서 더는 손댈 엄두가 나지 않았을 것이다. 그러다가 기존 탄약고 보수가 완료되었고, 탄약을 새로 다 옮겨갔다. 그리고 임시로 쓰던 그곳의 입구에는 새로 철문을 달아 잠가 두었다. 아울러 붕괴 위험으로 인한 안전상의 조치라며, 일체 접근 금지 명령이 내려졌다.

그런데 조치가 미흡했던 것인지 아니면 애초에 철문을 뜯어낼 때 어떤 봉인이 풀린 것인지는 몰라도 임시 탄약고로 사용하던 그곳과 관련해서는 여전히 쉬쉬하는 소문이 꼬리에 꼬리를 물었다. 그렇게 퍼지며 전혀 사그라지지 않았다.

이제 보초병은 없지만 가까운 망루에서 경계하던 병사들 사이에서 여자 목소리나 어린애 소리 혹은 다른 이상한 잡다한 소리가 들린다고 했다. 또한 깜깜한 밤중 희미한 야간 조명 너머로 철문 앞에 낯선 꼬마의 형체가 보여 랜턴을 비추자 온데간데없이 사라졌다는 이야기도 있었다.

이게 끝이 아니다. 야간 순찰조의 이야기에 따르면 그 문에서 푸르스름하게 감도는 귀화(鬼火)까지 봤다고 한다. 이뿐만 아니라 부대에서 나도는 다른 식의 괴담과 섞여 불안 분위기가 조성되었고 그 괴담들은 확대 재생산되는 지경에까지 이르렀다.

상부의 요청으로 귀신을 퇴치한다고 군종 목사가 안에 들어가 성경을 읽기도 했다. 나중에는 군종신부까지 돌아가면서 사람들 데리고 들어가서 요즘 말로 퇴마한다고 무슨 짓을 했단다. 그래도 별 소용이 없었던 것으로 기억한다. 그리고 그곳에는 아무도 가지 않는 가운데 시일은 흘러갔다.

그러던 어느 날, 망루 경계를 서고 있는데 부대에서 처음 보는 차들이 들어왔다. 어디 소속인지 몰라도 이성장군과 영관급도 몇 명 있었고, 사복을 입은 민간인들도 더러 보였다. 그들은 한참 후에 다시 차를 타고 나갔다. 그날 내무반에서 고참들과 졸병들이 나누는 이야기가 들려왔다.

"야, 오늘 그 사람들 뭐냐? 투스타하고 같이 온 사람들 말이야. 무슨 기관에서 나온 사람들 같은데?"

"그 귀신 동굴 말입니다. 거기 들어가서 조사 같은 거 하며 뭐 이것저것 물어보고 다니다가 나갔습니다."

어디서 뭐 하던 사람들인지는 몰라도 그 이후에 임시 탄약고 안쪽 동굴 출입구에는 벽돌을 쌓아 시멘트를 발랐고, 맨 앞의 입구는 이중으로 튼튼하게 철판을 덧대어 용접했다. 그리고 그 위에 다시 콘크리트를 부어 아예 아무도 들어가지 못하게 입구 자체를 없애버렸다.

사복을 입은 사람들이 이쪽 해결사라서 조치를 취했던 것일까? 그 뒤로는 희한하게 그곳과 관련된 괴담이 잠잠했다. 하지만 나는 전역을 하고도 궁금증이 가라앉지 않았다. 과연 그 동굴은 언제 누가 무슨 용도로 판 것일까? 또 과거에 그곳에서 무슨 사건이 있었던 것일까?

초소 앞 바다의 벙커 섬도 그렇고 산속이나 해안가나 유격 훈련장 근처에는 지하 벙커 출입구로 보이는 것들이 많다. 대부분은 아예 벽돌로 입구를 막아 놓았고 한 군데만 유격 훈련장의 창고로 쓰인다.

그런데 거기도 안쪽 깊은 구역은 벽돌로 오래전에 막아 놓은 상태다. 그럼 부대 주위의 벙커들과 그때 발견된 동굴은 무슨 연관이 있는 것일까? 더군다나 그 막힌 벙커들의 안쪽은 어떠한 구조이며 그 끝은 어디고 또 어디로 연결되어 있는 것일까? 궁금한 것은 참지 못하는 성미지만, 그 부분은 어떻게 알아볼 수가 없기에 오래 기억에 남는 것일지도 모르겠다.

그 시절을 생각하니 흐릿한 그때의 일들이 마치 어제 일처럼 떠오른다. 과연 용도를 알 수 없는 이상한 동굴은 지금도 그대로 봉인된 상태일까? 아니면 입구를 뚫고 새로운 조사가 진행되었을까? 후자는 가능성이 없겠지만, 지금은 어떻게 되었을지 궁금하기도 하다.

나는 해외에 거주하면서 집과 학교를 참 많이 옮겨 다녔다. 그러면서 사람이 자살하거나 사고가 나거나 했던 걸 자주 보고 들었는데 그중에 집이 좀 이상하다고 느낀 몇 군데 이야기를 추려서 해보려고 한다.

엄마는 가위에 자주 눌리시는 편이다. 하지만 가위라고 다 같은 가위가 아니듯 엄마도 제일 무서웠던 가위눌림이 몇 가지 있으신데 그중 하나의 이야기이다.

여느 날과 다름없이 주무시고 있던 엄마는 갑자기 이상한 느낌이 들면서 가위에 눌린다는 생각이 들어 일어나려고 하셨다. 근데 몸이 안 움직여 계속 움직이려고 하는데 뭔가 시야에 들어오기 시작했다. 안방은 킹사이즈 침대가 있고, 바로 옆에 화장대와 의자가 있는 구조였는데 그 화장대 의자에 어떤 여자가 올라가서 쭈그리고 앉아 엄마를 주시하고 있었다고 한다.

여자의 얼굴은 산발이 된 머리가 덮고 있어서 안 보였지만, 시선은 엄마를 향해 있는 게 느껴져서 너무 무서웠고 안간힘을 써서 깨고는 바로 화장대 의자를 거실로 치워버리고 다시 주무셨다고 했다. 근데 침대에 눕자마자 누군가 자신을 잠 속으로 끌고 들어가는 듯한 느낌이 들었고 순간 눈이 확 떠져 반사적으로 화장대 쪽을 보았으나 아무것도 없었다.

'아… 그냥 내가 무서워서 그러나 보다.'

그리고 고개를 다시 돌렸는데 그 순간, 엄마의 얼굴 위에 머리카락이 보였다고 한다. 순간적으로 얼어서 움직일 수가 없었는데 여자가 침대 위 작은 공간에 앉아 엄마를 보고 있던 것이었다.

더 무서웠던 건 화장대에 있을 땐 머리카락에 가려서 보이지 않았던 얼굴이 그때는 확실하게 보였는데 아주 기쁘다는 듯한 표정으로 활짝 웃고 있는 입과 그에 대비해 웃지 않고 튀어나올 정도로 부릅뜬 눈이었다. 엄마는 너무 두려워 숨을 쉬지 못해 끅끅거리시다 겨우 깨서 내 방으로 뛰어 들어와 주무셨다고 한다.

이 이야기는 다음 날 일어나 보니 엄마가 내 옆에서 주무시고 계셔서 왜 옆에서 주무시냐고 물어봤을 때 해주신 이야기였다. 엄마가 겁이 좀 많긴 하지만 그 이야기를 듣고 뭔가 당연하게 생각했다. 애초에 그 집에서 살 때 안방에 들어가길 꺼렸으니까. 여기에 뭔가 있을 거라는 느낌이 들어서였다. 그래서 그 이야기를 듣고 뭔가가 있긴 하다는 생각이 더 강해졌다.

이런 일도 있었다. 이 집에 살던 당시 난 대학생이었는데 전공 특성상 과제가 너무 많기도 했고 조별 과제도 많은 데다 팀원 중 하나가 잘못 걸려서 일주일에 백 장을 넘게 그려야 했던 상황이었다. 나는 그 팀원 욕을 하면서도 내가 하고야 만다는 생각으로 그날도 어김없이 밤늦게까지 과제를 하다 물을 마시러 나왔는데, 엄마가 거실에서 술을 드시고 계셨다.

엄마는 그때 불면증이 심하셔서 꼭 맥주 한 병을 드시고 주무셨는데 난 그게 너무 싫었다. 이해는 하지만 술에 의존해 잠을 자게 되면 오히려 더 심한 수면장애가 생길 수도 있고, 술도 잘 못 드시는 엄마가 매일 한 병씩을 비우는 게 너무 싫어서 그때마다 잔소리를 하곤 했다.

"엄마, 또 술 마셔? 내가 마시지 말랬지? 술 매일 마시면 안 좋다고!"

"너 아까 나왔을 땐 아무 말도 안 해 놓고 왜 지금 그래?"

난 지금 말고는 방 밖으로 나온 적이 없었다. 과제를 할 땐 집 중해서 하는 타입이라 의자에서 일어나지도 않았으니까.

"무슨 말이야? 나 지금 나온 건데?"

"너 아까 나와서 계속 빤히 쳐다보더니 그대로 방으로 들어갔 잖아. 그래서 얘가 웬일로 아무 말도 안 하나 했는데?"

그 말을 들은 난 소름이 끼쳤다. 엄마의 상태를 보니 취하지도 않은 상태였고, 그렇다고 해서 내가 조금 전에 나온 것도 아니 고…. 설령 나왔던 걸 잊었다고 해도 내가 엄마를 계속 쳐다보기 만 하고 들어가거나 아무 말도 하지 않았을 리가 없다. 나는 계 속 아니라고 부정했지만, 엄마는 그만하라며 무섭다고 하셨다. 그리고 너무 무서워하시길래 그냥 방으로 들어와 버렸다. 아무 리 생각해봐도 나는 나갔던 기억이 없는데 엄마는 대체 누구를 본 걸까?

집뿐만 아니라 단지 내 수영장에서도 이상한 일이 있었다. 요 즘은 아니지만, 당시에는 비 맞는 것도 좋아하고 비 오는 날에 수영하는 것도 너무 좋아했다.

그날은 비가 내리고 있었다. 아파트 단지 수영장에 수영하러 가보니 비가 와서 그런지 수영장이나 옆에 놀이터에 아무도 없었고, 그 옆에 있는 식당도 문을 닫아서 그곳을 지키고 있는 경비아저씨도 안 계셨다.

아무도 없는 게 오히려 좋다며, 난 신나서 수영장으로 뛰어들었고 넓은 수영장에 나 혼자 물속에 들어와 있는 게 너무 좋았다. 잠수하면 수영장 물에 부딪혀 나는 빗소리도 더 기분 좋고 운치 있는 느낌이었다.

그렇게 신나서 잠수하고 있었는데 갑자기 옆을 스치듯 누군가의 목소리가 들렸다.

[Hey.]

어린아이의 목소리가 지나갔고 순간 놀라서 물속을 둘러봤는데 아무도 없었다. 물속에서 얼굴을 내밀고 주변을 둘러봐도 아무도 없었다. 머리가 띵하고 멍한 기분이 들었다.

'내가 잘못 들었나?'

그렇게 다시 잠수했는데 갑자기 윙윙거리며 삐, 하는 소리와 함께 시야가 뿌예지는 느낌이 들어 일단 얼른 물속에서 나왔다. 땅을 밟곤 비를 맞으며 멍하니 생각해보니 그 소리는 분명히 내게 들렸지만, 물속에서 사람이 말했다면 물거품 소리와 함께 정확한 발음도, 소리도 안 들리는 것이 보통이다.

근데 그 말은 내 귀에 대고 정확한 발음과 소리로 머릿속에서 울리듯 들렸다. 그걸 깨닫자 너무 무서워진 나머지 나는 바로 집으로 올라갔다.

지금 생각해보면 그 소리는 그곳에 빠져 죽었던 사람 중 하나가 아닐까 생각한다. 사실 수영장에서 사고가 몇 번 났는데 수영장 물을 빼고 있을 때 어린아이가 들어가서 물이 빠지는 그 압력으로 인해 물 빠지는 구멍에 끼어 익사한 사고도 있었고, 어른들 없이 혼자 무엇을 쫓다 빠져서 익사한 사고도 있었기 때문이다.

당시에는 너무 무서웠지만, 지금은 그냥 그 아이들이 심심해서 장난을 친 게 아니었을까 생각하곤 한다.

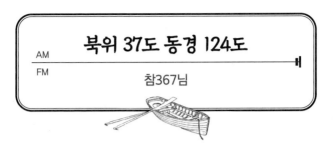

북위 37도 동경 124도

AM ————————————————————————|⊢

FM

참367님

이 이야기에 언급되는 인물들의 성명 및 해상 좌표 지역은 가상이며 그 외 내용은 실화를 바탕으로 재구성하였음을 미리 알리는 바이다.

"어휴~ 덥고 따분하고 지루해 죽겠어. 아주 그냥…."

기관 조종실에서 당직을 서고 있던 나는 좀이 쑤셨다.

현 시각 23시. 현재 우리 함정은 출동 중이었고 야간 기동 탐색 중이었다. 답답했던 나는 바람을 쐬러 기관실에서 잠시 나와 중갑판으로 올라갔다. 주변에 보이는 건 온통 바다뿐, 그 칠흑같이 어두운 망망대해를 달빛 한줄기에 의지한 채 우리 배는 움직이고 있었다.

"하… 입항은 언제 하는 거야? 빨리 들어가서 좀 쉬자. 하아암."

[알림, 본 정은 잠시 후 부이 계류할 예정. 부이 계류 요원 배치.]

"아, 뭐야! 기지는 안 들어가고 왜 자꾸 부이 계류야. 참 나…."

나의 기대와는 다르게 우리 배는 부이 계류를 하게 되었다.

부이 계류는 바다 위에 떠 있는 부표 위에 선박의 함수 부분 홋줄을 연결하여 닻을 내린 것처럼 물 위 한 포인트에 떠 있는 것을 말한다. 나는 방송이 나오는 것을 듣고 계류 준비를 위해 다시 기관실로 내려갔다. 함수에선 갑판장님이 호각을 부시며 작업을 하셨고, 계류가 끝나자 나는 기관 정지를 했다.

요란한 엔진소리가 멎자 고요함이 찾아왔다. 다시 갑판 위로 올라가 보니 수병들이 작업 후 삼삼오오 모여 수다를 떨고 있었다.

"고생한다, 야!"

"에이~ 내연사님은 참 편하시겠습니다. 기관실에만 계시고."

"자식아! 그럼 네가 내연병으로 기관 당직 서보던지, 기름 냄새 맡으면서 얼마나 힘든지 알아?"

"아! 아! 꼬집지 마십시오! 대신 저희는 견시보잖습니까! 아악!"

친한 수병들에게 괜히 장난치며 너스레를 떨었다.

"그래, 얼른 들어가서 자. 엇! 갑판장님 수고하셨습니다!"

"어이, 그래. 수고!"

대원들이 모두 침실로 들어가고, 난 하늘을 올려다보았다. 캄캄한 밤하늘 위엔 쏟아질 듯 별들이 많이 보였다.

"어이~ 김형민 씨! 여기서 뭐 합네까? 설마 당직 안 서고 농땡이 피우고 있습네까?"

내 동기 녀석이 손에 커피 한잔을 들곤 장난치며 중갑판으로 나와 내 어깨에 손을 걸쳤다.

"농땡이는 무슨! 너 언제 기어 나오나 내가 감시하려고 기다렸다. 자식아!"

"오~ 나를 기다렸단 말입네까? 고거이 감동이구만 기래."

"야, 근데 내 커피는? 의리 없게 제 것만 타왔네?"

"커피는 셀프입네다. 이놈아!"

"이 자식이 진짜 북한으로 보내주랴?"

그렇게 동기 녀석과 투덕거리며 장난을 치던 도중 함미 부분에서 인기척이 느껴졌다. 이윽고 누군가의 목소리가 들려왔다.

"어이! 거기 해군 아저씨들! 나도 잠깐 배 좀 붙였다 갑시다."

"아이, 깜짝이야! 누구야?"

소리도 없이 다가와 말을 걸어 동기와 난 약간 놀랐다. 가까이 가서 보니 모터도 없이 노를 젓는 나무로 된 아주 작고 낡은 뗏목을 타고 있었다. 그래서 접근하는 소리를 알아챌 수 없었던 듯

하다.

뗏목 위엔 아저씨가 한 분 타고 있었는데 베트남 사람들이 쓰는 것과 비슷한, 챙이 넓은 삿갓 같은 걸 쓰고 있어서 얼굴은 보이지 않았고 신원도 확인되지 않아 우린 본능적으로 경계를 했다.

"뭡니까? 어민이십니까?"

"아이, 난 그냥 여기 근처로 지나가던 사람인데 계속 노를 저으니 팔이 아프기도 하고, 아저씨들과 얘기도 할 겸 좀 쉬었다 가려고… 껄껄껄."

"죄송하지만 여긴 군용부이라서 매달리기 하실 수 없습니다. 돌아가 주셔야 할 것 같습니다."

매달리기란 이미 부이 계류 상태인 선박의 함미에 또 다른 배가 홋줄을 내어 묶어 꼬리물기처럼 계류하는 방식이다. 군용부이에선 같은 군함끼리 해당 포인트 대기 중에는 가능하나 그 외 민간 선박 같은 경우에는 군함의 목적상 불가능하다.

"아이 참! 잠시만 있다 갈 거야. 이 군인들이 민간인을 도와줘야지 말이야."

"아저씨, 저희도 언제 다시 여기 이탈할지 몰라요. 그러니까 안 됩니다."

동기의 말에도 고집을 부리는 아저씨에게 보다 못한 내가 말했다.

"허허, 참… 야박하네."

아저씨는 그렇게 말하곤 고개를 푹 숙였다. 그리고 동기가 말했다.

"뭐야, 저 사람. 이 시간에 뗏목을 타고 왜 돌아다녀? 고기 잡으러 가나?"

"아냐. 저런 작은 배로 무슨 고기를 잡아. 게다가 배 위엔 노 젓는 거 말곤 그물이나 낚싯대 같은 게 아무것도 없잖아."

"하긴, 누가 이 오밤중에 고기를 잡아. 말하는 거 보니 술 취한 거 같은데… 아니, 랜턴도 없이 앞도 안 보이는데 어떻게 돌아다니는 거야? 저 사람?"

"그러네. 어우 씨, 소름 돋아. 뭐야? 저 아저씨."

확실히 그 사람의 모습은 기이했다. 보통 섬마을 어민이면 그냥 해안에서 멀리 떨어지지 않은 가까운 양식장 같은 곳에 이동할 때나 쓸만한 작고 낡은 것을 타고 이 넓은 망망대해까지 온 것은 참 이상했다.

게다가 한밤중에 항해하기 위해선 전등과 해도가 반드시 있어야 할 텐데 그 아저씨가 가지고 있는 거라곤 아무것도 없었다.

"중얼… 중얼… 중얼."

그리고 뭔가를 중얼대기 시작했다.

"야, 일단 내가 들어가서 당직사관님께 보고… 응? 방금 저 아저씨 뭐라고 하지 않았냐?"

"응? 뭐라고 했어?"

"잘 들어봐. 지금도 중얼거리고 있잖아."

"중얼… 중얼… 중얼."

"어? 그러네. 뭐라는 거야? 기분 나쁘게…."

정말 그 아저씨는 알아듣지 못할 무슨 말을 중얼거리고 있었다. 나는 잘 들리지 않아 귀를 기울이고 무슨 소리인지 들어보았다.

"북위 37도 03분 48초 동경 124도 47분 08초. 북위 37도 03분 48초 동경 124도 47분 08초."

"으! 뭐라는 거야! 젠장. 기분 나빠."

그 아저씨는 고개를 푹 숙인 채 웬 좌표 같은 걸 끊임없이 중얼거리고 있었다. 그걸 듣자 온몸에 소름이 끼쳤다. 그러고는 고개를 들더니 기분 나쁘게 낄낄대며 웃기 시작했다.

"낄낄낄, 하아… 큭… 큭큭큭, 하하하!"

보다 못한 동기가 말을 꺼냈다.

"아저씨! 술 많이 드신 것 같은데 그렇게 술 드시고 바다에 나오시면 위험해요. 해경 부르기 전에 그냥 가세요. 예?"

그는 나에게 삿대질하며 알 수 없는 말을 했다.

"크… 히힉… 익… 야! 그거 네가 건지면 안 된다! 힉킄!"

"완전히 맛이 갔군. 아, 그냥 좀 가시라고요!"

동기 녀석은 아저씨를 계속 다그쳤다.

"킄킄 야… 그냥 눈 딱 감고 다리 한 번 부딪혀서 깨버려. 그게 낫잖아? 키킄…."

"뭔 헛소리야. 진짜 정신이 제대로 나갔네. 야, 형민아. 내가 그냥 들어가서 당직사관님께 보고할게. 함미에 미친놈 있다고. 으휴."

"아유, 그래. 간다 가! 내 더럽고, 치사해서 간다. 야! 군인들이 말이야. 사람 하나 안 도와주는 게 군인이야? 킄킄…."

"빨리 가세요. 술 작작 드시고요."

"히히히… 야! 근데 말이야. 어디서 떠내려온 건진 모르겠는데…. 낄낄. 그거 네가 건졌으면 네 손목도 날아갔어."

"뭐라는 거야? 진짜 하나도 못 알아듣겠네."

"아하하, 잘 있어요. 해군 아저씨들."

알아들을 수 없는 허무맹랑한 소리를 실컷 하더니 그 아저씨는 유유히 노를 저어 어둠 속으로 사라졌다. 덕분에 정신이 혼미했다.

"어휴, 진짜 정신 나간 인간 같으니. 여태까지 술 먹고 길에서 비틀대는 사람들은 수도 없이 봤지만 내 살다 살다 바다 한가운데서도 또라이를 봐야 하냐? 어휴, 나 들어가서 잔다. 당직 잘서고!"

"어, 그래."

그렇게 말하고 동기는 배 안으로 들어갔다. 나도 다시 기관실로 내려가 안전 당직 순찰을 준비했다. 그리고 장구를 갖추고 나와 배 이곳저곳 순찰을 돌았다.

그러다 조타실 점검이 끝난 후 난 곧장 내려가지 않고 함교로 올라갔다. 그곳엔 견시를 보고 있는 수병이 있었다.

"필승! 내연사님, 수고 많으십니다."

"어, 그래. 안 춥냐? 우리 언제 다시 배 뗀대?"

"잘 모르겠습니다. 아직 지시 나온 게 없어서…. 아! 근데 내연사님. 아까 함미에서 무슨 일입니까? 병기사님은 막 누구한테 화내시는 것 같던데…."

"아, 그거 뭔 미친놈이 와서는 함미에 매달리기 한다길래 그냥 가라고 했지. 아, 근데 넌 그 뗏목 가까이 오는 거 못 봤어?"

"예, 전혀 못 봤습니다."

"야, 이 자식아! 견시가 그걸 못 보면 어떡해? 졸았냐?"

"아… 아닙니다! 저 진짜 똑바로 근무 서고 있었습니다. 중갑판에 아까 병기사님이랑 계시는 거 봐서 '아, 그냥 대화하시는가

보다' 했는데 어느 순간 갑자기 함미에서 다른 사람이랑 이야기 하고 계시길래….”

“하긴… 어두우니까 갑자기 쥐도 새도 모르게 쓱 오더라니까? 노 저어서 오니까 소리도 안 나고…. 아무튼 고생해라.”

“예! 고생하십시오!”

그리고 나는 내려와서 순찰을 마저 돌았다.

다음 날, 우리 배는 새벽이 되어서야 기지에 입항했고 아침 일과 정렬 후 기지에 조식을 먹으러 갔다. 식당 앞엔 배식받기 위해 줄을 선 사람들로 가득했다. 나와 우리 배 대원들은 식판을 들고 한자리에 앉았다.

“식사 맛있게 하십시오.”

동기 녀석이 아침부터 반찬 투정을 하고 있던 그때였다.

[빠아아앙.]

[각 부서 긴급 출항! 각 부서 긴급 출항!]

“아 나, 이런 씨….”

말이 채 끝나기도 전에 긴급 출항 방송이 울렸다. 대원들은 아직 음식이 남아있는 식판을 버리고 허겁지겁 배에 탑승해 출항 준비를 했다. 나도 서둘러 배에 올라타 엔진을 살리려 하는 그때.

[쿠당탕!]

"끄아악! 크흡…."

배에 올라타려던 순간, 너울이 치면서 배가 흔들려 넘어져 선체에 무릎을 부딪치고 말았다. 얼마나 세게 부딪혔는지 바지를 걷어보니 피부가 까져 피나 새어 나오고 있었다.

"형민아! 괜찮냐? 어디 봐봐."

앞에 있던 갑판장님이 말을 걸었다.

"크으… 괜찮습니다. 빨리 가서 기관 시동하겠습니다."

"그래. 우선 출항부터 해야 하니까 나중에 꼭 의무장한테 가봐. 알았지?"

나는 이를 악물고 절뚝거리며 기관실로 내려가 엔진에 숨을 불어넣었고, 우레와 같은 소리와 함께 기관에 시동이 걸렸다.

그렇게 우리는 신속하게 출항하게 되었다. 그리고 나는 무슨 일인가 싶어 곧바로 기관 조종실로 들어가 의자에 앉아 통신 헤드셋을 끼고 함교의 대화 내용을 들었다.

[…게 그렇게 돼서 일단 우리가 가서 건져야 해.]

[근데 처음 발견은 누가 한 거랍니까?]

[민간 어선이 신고했다나 뭐라나….]

[근데 이건 사람이 죽은 거기도 하고 만약 살인사건 같은 거면 해경이 출동해야 하지 않습니까?]

[아, 몰라. 함대에서 일단 우리 보고 먼저 가서 건져놓고 나

112

중에 해경한테 인계하라잖냐. 참 나. 아니, 우리가 시체도 건져
야 해?]

[그러게 말입니다.]

시체라니? 이게 무슨 일인가? 나는 대화 내용에 좀 더 귀를
기울였다.

[그건 그렇고, 우리 익수자 직무분담표 수영자 누구야?]

[내연사입니다. 근데 아까 배 위에 올라타면서 다리를 다친
모양입니다.]

[아이 씨, 왜 하필 이럴 때 다치고 그러냐. 아무튼 현재 시체
위치는?]

[예. 현재 북위 37도 03분 48초 동경 124도 47분 08초입니다.]

'어…. 뭐?'

[오케이, 일단 내연사 불러.]

[옙! 알겠습니다.]

그리고 함 내 스피커에서 나를 부르는 방송이 나왔다.

[알림, 내연사 함교 보고. 이상 당직사관.]

나는 곧바로 함교로 뛰어 올라갔다. 다리는 이미 퉁퉁 부어 통
증이 오고 있었다.

"필승!"

"어, 왔냐? 넘어졌다며? 다리는 어때? 보자."

바지를 걷어 올리자 시퍼렇게 멍이 든 나의 무릎이 드러났다.

"어이구 자식, 조심 좀 하지. 아무튼 지금 바다 위에 부유물이 하나 있다고 하는데 아마 시체인 것 같다."

"아, 그렇습니까?"

"그래. 네가 수영자라서 들어가서 좀 건져와야 하는데 할 수 있겠냐?"

"예. 근데… 저…."

"왜? 다리 때문에 그래?"

"후…. 일단 내려가서 준비하고 정 안 될 것 같으면 보고해."

"네. 알겠습니다!"

나는 함교에서 내려와 입수 준비를 했다. 사실 시체 하나 건지는 것쯤이야 할 수 있었다. 좀 꺼림칙하긴 하지만 눈 한번 딱 감고 건져오기만 하면 되는 것이다. 어차피 군인은 명령에 복종해야 하니까.

하지만 정말 다리를 다치니 들어갈 엄두가 나질 않았다. 과연 물에 들어가서 다리를 찰 수 있을까라는 생각이 들 정도였다. 그리고 잠시 후 배가 부유물이 있는 곳에 도착했다.

바다 위에는 뭔가 시커먼 것이 둥둥 떠 있었는데, 옷을 입고 있는 시신 한 구였다. 중갑판 대원들은 내 허리에 견인 줄을 묶었고 이제 뛰어내리기만 하면 되는 상태였다.

"후….."

한숨을 쉬고 있는 나에게 갑판장님이 말했다.

"할 수 있겠냐? 못할 것 같으면 얘기해."

원래 같았으면 바로 뛰어들었겠지만, 왠지 조금 망설여졌다.

"저…. 혹시 지금 통증이 너무 심해서 그런데 조금만 쉬었다가 들어가도 되겠습니까?"

"그래, 알았다."

갑판장님은 함교에 보고하셨고 10분 정도 후에도 나아지지 않으면 수영자를 교체하겠다고 했다.

초조했다. 괜히 내가 다치는 바람에 임무에 차질이 생겨 시간이 지연되고 있다는 생각에 부담이 더해졌다. 대원들 모두 아무 말도 하지 않고 서로 무언의 눈빛을 보내며 대기하는 이 시간이 어색했다.

그리고 10분 후 더 이상 기다릴 수 없다는 생각에 그냥 뛰어들자는 생각이 들어 라이프라인을 잡고 섰다. 심호흡을 깊게 한 번 하고 바다에 뛰어들려는 그 순간.

"야! 야! 잠시 대기!"

"아… 네. 알겠습니다!"

"상황 끝!"

갑판장님께서 상황 끝 구령을 전파하셨다. 잔뜩 부담되어 긴장하고 있던 나는 안도의 한숨을 내쉬면서도 갑자기 왜 상황이 끝났는지 궁금해졌다.

"갑판장님, 무슨 일입니까?"

"어, 해경 쪽에서 건지기로 했다네. 자식들 원래 자기들이 해야 하는 일인데 빨리빨리 안 오고 왜 이제서야 온다는 거야? 아무 튼 넌 기다리길 잘했다. 괜히 들어갔으면 무슨 뻘짓이야. 그게."

배에 이상이 생겨 늦어진다던 해경이 뒤늦게 출발했고 시신 수습 작업을 인계받게 되었다. 다친 다리로 물에 들어갈 뻔했던 나에겐 천만다행이었다.

그날 밤, 우리는 기지에 입항했는데, 빠지에 사람들이 웅성거 렸다. 일반 경찰, 해양경찰, 해군 할 것 없이 열댓 명 돼 보이는 사람들이 모여있었다. 뭐, 보나 마나 낮에 건진 시체 때문이겠거 니 했는데 아니나 다를까 시신낭 속에 든 시체를 둘러싸고 경찰 들이 모여있었다. 나도 어찌 된 영문인지 엿들으려 그 무리에 가 까이 갔다.

"에휴…. 이게 뭔 일이래요? 아니, 왜 바다에 빠져 죽었는지도 모르고?"

"글쎄요…. 자세한 사인은 부검을 해봐야 알겠죠. 쓥… 근데 겉으로 봐선 뭐 한 군데 빼곤 별 이상이 없는데."

"뭐여? 그럼 그냥 익사한 건가?"

"또 익사라고 하기엔 그 한 군데가…. 과다출혈인가 싶기도 하고…."

"쯧쯧쯧, 참말로 흉측하구로. 아니, 그래서 일단 이건 신원조회도 하고 해야 할 거 아녀? 육상까진 또 해경이 나르겠네?"

"예, 뭐 저희가 해야죠. 그럼 수고하십시오."

"그려요. 고생들 해요."

"김 순경! 이리 와! 이거 배에 신게 와서 좀 들어."

"예! 알겠습니다!"

그렇게 경찰들이 시체가 들어 있는 시신낭을 들고 옮길 때 나는 보았다.

"야야! 뭐 하는 거야? 지퍼 똑바로 안 잠가? 사람들 다 보는데… 빨리 집어넣어!"

"앗! 죄송합니다!"

경찰들이 시신낭을 들고 옮기자 지퍼가 살짝 열려 있었는데 그 사이로 시체의 팔이 잠깐 삐져나왔다. 그 팔은 손목이 없었다. 부러져서 뜯겨 나간 것도 아니고 마치 누군가 날카로운 비수로 베어낸 것처럼 매끄럽게 잘려 있었다.

"허, 뭐야. 설마… 말도 안 돼…."

난 무언가가 뇌리에 스쳤고 그 자리에 얼어버렸다. 그러자 동기가 나에게 와서 말을 걸었다.

"야, 형민아! 밥 먹으러 가자. 저녁밥은 맛있는 거 나오더라."

"중얼… 중얼… 중얼…."

"응? 야! 뭐해, 인마. 밥 먹으러 가자고!"

"중얼… 중얼… 중얼…."

"이 자식이 뭐라는 거야? 야! 내 말 안 들려?"

"북위 37도 03분 48초 동경 124도 47분 08초. 북위 37도 03분 48초 동경 124도 47분 08초…."

"야! 너… 뭐 하는 거야?"

"북위 37도 03분 48초 동경 124도 47분 08초, 북위 37도 03분 48초…. 그거 네가 건지면 안 돼. 다리를 부딪쳐 깨버려!"

"야! 김형민! 너 미쳤어? 정신 차려!"

동기가 내 어깨를 덥석 잡았다.

"야, 그 아저씨… 마지막에 뭐라고 했었지?"

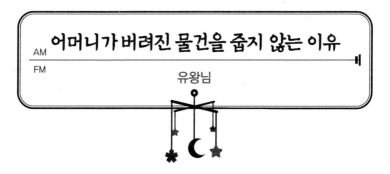

어머니가 버려진 물건을 줍지 않는 이유

유왕님

지금으로부터 24년 전, 당시 운영하던 가게 앞에서 모빌을 하나 주웠다. 한 번도 사용하지 않은 듯 깨끗하고 예쁜 새 모빌. 그때만 해도 모빌은 삼만 오천 원에서 좋은 건 육만 원까지 꽤 고가였는데 당시 세 살이었던 아들에게 주면 좋아하겠구나 하는 생각이 들었다.

'딱 봐도 새것인데… 이렇게 좋은 모빌을 왜 버렸을까?'

그렇게 망설임 없이 모빌을 들고 들어와 가게 뒷방에 들여 놓고 그날은 바빠서 깜빡하고 모빌을 그냥 둔 채 퇴근했다.

그리고 다음 날이 되어 가게 문을 여는데 갑자기 엄청난 졸음이 몰려오기 시작했다. 밖에는 비가 부슬부슬 내리고 있었고 손님도 없어서 그냥 그렇게 깜빡 잠이 들고 말았다.

그런데 뭔가 이상한 느낌이 들기 시작했다. 갓난아기가 나의 젖을 빠는 느낌과 소리, 잠결에 아들이 그러고 있다고 생각해 눈을 뜨고 아래를 보았는데 아무것도 없었다. 옷을 열어젖히는 느낌도 들었는데 말이다. 더 이상했던 건 그런 상황이라면 보통 깜짝 놀라서 잠이 달아날 만도 한데 이상하게도 계속 졸음이 밀려왔고 참을 수가 없어 결국 방에 들어가서 자려고 했다. 하지만 눈을 감을 때마다 방금 겪었던 기이한 느낌이 들고 소리가 들려와 결국 잠은 잘 수 없었다.

그렇게 그날은 정신도 차릴 수 없을 정도로 온종일 아무것도 할 수 없이 계속 졸음이 밀려왔고, 같은 일이 반복되었다. 나는 이게 무슨 일인가 싶었고, 모빌의 존재를 잊은 채 빈손으로 집에 가게 되었다. 그런데 다음 날도 전날처럼 똑같은 상황이 일어났고 그렇게 이틀 동안 계속 기이한 일을 겪게 되었다.

3일째가 되던 날도 가게 문을 열었다. 당시 아는 언니가 한 명 있었는데 그 언니는 완전한 무속인은 아니었고 약간 신기가 있는 사람이었다. 그 언니가 가게 문에 얼굴을 빼꼼 내밀고 쳐다보길래 반겨주었다.

"어? 언니, 어쩐 일이야?"

"지나가는 길에 들렀어."

"아, 언니. 들어와. 커피라도 마시고 가."

그렇게 커피를 끓여 언니와 함께 소파에 앉아서 마셨다. 그때 언니가 말했다.

"근데 지금 여기 아기가 있어?"

"응? 무슨 아기? 오늘은 우리 애도 맡기고 와서 나밖에 없는데?"

"아… 어디서 자꾸 아기 소리가 나는데?"

"무슨 소리? 난 안 들리는데?"

"이상하다… 갓난아이 소리가 나는 것 같은데?"

언니의 말에 이상하다고 생각하며 커피를 마시던 중 번쩍 생각이 스쳤다. 얼마 전에 주워 왔던 모빌.

"언니, 며칠 전 누가 여기 앞에 예쁜 모빌을 하나 버리고 가서 주워 왔는데 집에 가지고 간다는 걸 깜빡하고 못 가져갔어. 근데 뭔가 이상한 게 가게에 들어올 때마다 계속 졸음이 쏟아지고, 그래서 눈을 감으면 아기가 계속 젖을 빠는 소리가 들리고 그런 느낌이 들어. 이상해서 눈을 뜨면 또 아무것도 없는 거야."

내 말을 듣던 언니는 깜짝 놀랐다.

"어머! 그 모빌에 아기 영혼이 붙어서 같이 왔나 보다."

"뭐? 그럼 언니, 어떻게 해야 해?"

"내일 새벽에 저 모빌 앞에 과자 한 봉지를 사서 놔둬. 그리고 물도 떠다놓고 과일도 같이 한 접시 놔둔 다음 함부로 가지고 와서 잘못했다고 빌어. 또 좋은 곳으로 가라고 빌고, 고추랑 소금이랑 쑥을 프라이팬에 슬슬 태우면서 가게 몇 바퀴를 돌고 내다 버려."

"그걸 어떻게 해야 하는 건데… 나는 할 줄 모르는데…."

"그럼 내가 내일 다시 올게."

다음 날, 언니는 필요한 준비물을 챙겨서 왔고, 언니가 말했던 모든 것을 한 뒤 원래 있던 자리에 모빌을 다시 가져다 놨다.

"자, 이제 식칼 가지고 와."

"시… 식칼을? 무섭게 그건 왜?"

"일단 가지고 와 봐."

의아했지만 일단 식칼을 가지고 와서 건네자 언니는 그걸 받아 가게 안을 휘휘 둘렀고, 내 머리 위에도 두르기 시작했다. 그러고는 그 칼을 모빌이 있는 쪽을 향해 가게 바깥으로 던지며 말했다.

"모든 것이 잘 됐다면 칼끝이 바깥을 향할 거야."

그런데 칼끝은 계속 옆으로 향했다. 몇 번을 던져도 마찬가지였다.

"칼끝이 바깥으로 향해야 하는데 왜 자꾸 옆으로 향하는 거야?"

"그러게… 이상하다. 자꾸 옆으로 도네."

그렇게 10번을 반복한 끝에 겨우 칼끝이 바깥으로 향하게 되었다.

"이제 됐다. 이제 혼이 나갔어."

언니는 그렇게 말한 후 부정풀이를 해주었다. 그리고 부적을 써서 문에도 하나, 소파에도 하나 붙였다. 이렇게까지 도와준 게 고마워서 언니에게 삼만 원을 주며 말했다.

"언니, 고마워. 이걸로 차비라도 해. 집까지 가려면 또 한참을 가야 하잖아."

그렇게 마무리된 후 가게에 나왔는데 신기하게도 더 이상 졸리지도 않고 그런 기이한 현상은 일어나지 않았다. 모빌은 수거도 하지 않아 여전히 그 자리에 버려져 있었고, 이틀 후 그곳에 웬 보따리가 하나 버려져 있었다. 그것은 옷이나 신발 등의 아기 용품이었는데 뭔가 찝찝한 느낌이 들었다.

'아기가 잘못돼서 저렇게 버린 걸까?'

그런 생각만 하고 있다가 며칠 후 이웃들에게 한 가지 이야기를 듣게 되었다.

근방에 사는 부부에게 아기가 하나 있었고, 첫돌이 지났을 뿐인데 폐렴으로 죽었다는 것이다. 그리고 그 집이 어딘지 알려주었는데 나는 깜짝 놀랄 수밖에 없었다.

칼끝이 계속 옆으로 향했던 이유….

알고 보니 칼끝이 향한 곳이 바로 그 집 방향이었다.

길에 있는 물건을 우연히 주웠다가 이런 일을 겪고 나서 다시는 길에 있는 물건을 줍지 않는다. 행여나 그게 돈이라고 해도.

그때 생각만 하면 아직도 섬찟하고 소름이 돋는다.

연못의 저주

AM

FM

소유니님

　이 이야기는 외삼촌이 겪은 일로 삼촌과 친구들의 이야기를 삼촌의 시점에서 써보겠다.

　우리는 어릴 때부터 한동네에서 자랐다. 어디든 뭉쳐 다니던 우리는 일명 '사총사'로 각자 특유의 색이 강했다. 그래서 더 지루할 틈이 없었던 것 같다. 우리는 이름 대신 서로에게 맞는 별명을 만들어 불렀다. 아직도 우리는 이름 대신 그 별명으로 부르는데, 각자 역할이 있다.

　우선, 나는 '쩌리'였다. 내 손아귀에 들어온 돈줄은 절대 풀지 않는다고 해서 쩌리라고 붙였다. '쩐다'라는 말과 '돈 전' 자의 전을 붙인 별명이었다. 그렇다 보니 친구들끼리 여행갈 때 회비 담당은 내 몫이었다.

다음은 '몽짜', 이 녀석은 작달막해서 이렇게 불렀다. 키는 작지만 운동으로 다부진 몸매를 만들어서인지 울뚝불뚝 근육이 옹골찼는데 녀석의 주특기는 뭐든 무지하게 빠르다는 것이다. 그래서 행동 대장 역할을 해야 할 땐 몽짜가 하곤 했다.

그다음은 '짱구', 태어났을 때부터 뒤통수가 동그랬다. 아무리 녀석의 어머니께서 뒤통수를 납작하게 만들려고 해도 그렇게 되지 않았는데 그래서인지 고집도 세고 말도 듣지 않았다. 이 녀석이 뒤로 나자빠지며 울면 아무도 못 말릴 정도였다.

마지막은 '개코', 이 녀석은 영안이 트여있었다. 아주 시원하게 트여서 보기 싫으나 좋으나 어쩔 수 없이 봐야만 하는 운명이었다. 또 누가 개코 아니랄까 봐 누구 집에서 잔치라도 벌어지면 귀신같이 알고 찾아가서 한 상 거하게 얻어먹고 오곤 했다.

이 녀석은 대대손손 무속인 집안이라고 했다. 조선 시대엔 유명세가 하늘을 찔렀을 정도라고 들었다. 그도 그럴 게 개코의 조상을 시시때때로 찾는 이들이 많았는데 심지어 알만한 사대부들까지도 줄곧 찾아들었다고 한다.

그렇다 보니 우리는 무슨 일이든 개코의 생각과 말에 매달렸던 것 같다. 그래서 개코의 제2의 별명은 '귀신 천재'다. 요즘 말로 귀신 영재라고 하려나? 아무튼 그 방면에는 도가 텄다.

하지만 개코네 할머니는 손주한테까지 물려주고 싶지 않은 피라고 하시곤 했다. 이렇게 우리 사총사는 각자의 역할에 맞게 어딜 가든 재밌는 일상을 보낼 수 있었다.

대학에 들어가서도 매주 모여 먹고 마시고, 그야말로 방탕하게 놀며 지냈다. 그러다 무미건조한 일상이 슬슬 지겨워지기 시작했고 그때 짱구 놈이 귀가 쫑긋거릴만한 제안을 했다.

"얘들아! 이번 여름방학에 우리 큰아버지 댁에 가자! 큰아버지께서 놀러 오라고 하셨거든.

가서 봉사 활동이라는 걸 우리도 해보는 거야. 돈도 주신대. 어때? 가서 재미나게 놀고 돈도 벌고! 쩌리, 너 돈 좋아하잖아!"

짱구의 제안에 나와 개코는 시큰둥했다. 무엇보다 아무리 내가 돈을 좋아한다고 해도 출처 불명의 돈을 번다는 게 영 찜찜했다.

"무슨 봉사? 거기서 뭘 하는 건데? 큰아버지 일 도와드리면 되는 거야?"

"묻지 마! 봉사 활동이야. 아무것도 묻지 말고 우리 큰아버지 댁에 가자. 가보면 절대 후회할 일 없을 거야."

이 말에 개코의 표정이 일그러졌고, 무슨 느낌이 들었는지 고개를 저어댔다.

"가지 않는 게 좋겠어. 이상하게 큰아버지라는 말을 들으니 가슴이 답답한 게… 그냥 다른 데 놀러 가자.”

그러자 짱구의 필살기인 고집불통이 이어졌다.

“왜? 왜? 왜? 뭐가 이상한데? 그냥 가자! 우리 큰아버지 댁에
가면 개코 네 세상이 될 텐데? 그리고 먹을 게 많아. 몽짜가 배
터져 죽을 때까지 먹을 만큼 먹을 게 많다고! 그냥 가자! 개고생
안 시킬게. 약속할게. 다 같이 가서 이 무더운 여름, 시원한 산골
짜기 맛 좀 보자고! 어? 어? 어? 개코야.”

그 덩치로 바닥을 데굴데굴 구르며 발버둥쳤고, 그 모습을 보
던 개코는 한숨을 푹 쉬더니 결국 승낙했다.

그렇게 시간이 지나 드디어 종강 날이 왔고, 우리는 책이고
뭐고 다 팽개치고 신나게 짱구네 큰아버지 댁으로 내려갔다. 기
차를 타고 버스도 타며 비포장도로를 지나 한적한 마을에 도착
했다.

“이야! 역시 좋아. 야, 짱구! 우리 진작 좀 데리고 오지 그랬
냐? 이렇게 좋은 데를 그동안 꽁꽁 숨겨 놓고 이제서야 개봉했
냐? 이 의리 없는 자식아!”

잔뜩 들뜬 몽짜의 말에 짱구가 대답했다.

“아, 자식! 억울하네. 뭘 숨겨? 이렇게 한방에 오픈하면 되는
거지. 그동안 우린 대학생이 돼야 했으니 이제서야 편히 오게 된

거다. 이 자식아! 이 형님의 깊은 뜻을 모르겠냐? 다 너희들을 위해서였다고!"

그렇게 모두 낄낄거리며 짱구네 큰아버지 댁으로 가고 있었는데 개코는 심드렁했다. 그래서 내가 말을 걸었다.

"야, 개코! 얼굴 좀 펴. 도살장에 끌려가냐? 다리미 갖다가 얼굴 좀 펴줄까? 왜 시종일관 우그러져 있어? 기왕 온 김에 재미나게 있다 가자. 분위기 좀 맞춰, 자식아!"

"알았어! 알았어! 표정 관리하면 되잖아!"

간신히 개코의 표정을 바꿔 짱구네 큰아버지 댁에 도착했다. 버스에서 내려 5~6분 정도 걸어가니 짱구네 큰아버지 댁이 눈앞에 보였는데 진짜 대감님 집처럼, 생각했던 것보다 더 고풍스럽고 멋스러워 보였다. 그 모습에 입이 떡 벌어져 있는데 짱구가 큰 소리로 큰아버지를 불렀고, 큰아버지 내외분이 함께 대문 밖으로 오셔서 우리를 반갑게 맞아 주셨다. 내내 껄껄 웃으시며 엄청나게 차린 밥상과 잠잘 곳을 거침없이 내주셨다.

그렇게 우리는 총총한 밤하늘의 별을 보며 시골에서의 정취를 한껏 느꼈다.

다음 날이 되어 차려주신 아침을 먹고 봉사 활동에 대한 말을 꺼냈다.

"야! 짱구! 우리 그 봉사 활동은 언제 시작해야 하는 거냐? 설마 토실하게 살찌워서 오지에 버릴 건 아니지? 빡세게 일하라고 말이야. 여기까지 왔으니 이제 말해라? 그게 뭐야?"

그러자 짱구가 실실 웃으며 답했다.

"궁금해? 그럼 따라와! 이제부터 슬슬 몸풀기 한 번 해볼까나? 밥값은 해야지. 가자! 자식들아!"

그렇게 큰아버지께 잘하고 오겠다며 인사를 하고 나왔고 마치 준비된 것처럼 우리에게 이상한 작업복을 던져주더니 이상한 신발들을 신겼다. 따라오라는 손짓에 쫄래쫄래 따라서 큰아버지 댁에서 우측 길로 조금 걷자 또 하나의 큰 건물이 보였다.

요란한 소리와 코를 찌를 듯한 냄새가 진동하는 곳. 문을 열고 들어서니 온갖 가축들이 있는 축사였다. 오리, 닭, 돼지, 소들이 잔뜩 모여있는….

이 자식이 우릴 진짜 토실하게 살찌워서 똥개처럼 막 부려 먹을 생각이었다는 생각에 다다르자 우린 짱구 녀석의 등짝을 사정없이 때렸다.

"아아아, 아파! 그만 좀 때려! 미… 미… 미안! 아! 미리 말 못 해서 미안하다고! 자식들아! 너희들한테 미리 말했으면 안 올 거 아냐! 그러니 말 못 했지. 미안! 미안! 많이 미안해. 내가 차마 말을 할 수 없었어. 큰아버지께 말 못 할 아픔이 있다는 걸 막 떠

벌리기도 쉽지 않았단 말이야."

"말 못 할 아픔이라니? 큰아버님 어디 안 좋으셔?"

내 물음에 개코가 끼어들었다.

"아들이 있었지? 그 아들한테 일이 생겼던 것 같은데? 물에 빠져 죽었네. 막힌 물, 꽉 막힌 물에서 말이야."

소름이었다.

개코 녀석이 갑자기 눈빛이 달라지더니 툭 내뱉었고, 우리는 놀란 눈으로 그대로 굳어버렸다. 그리고 몽짜가 소리를 질렀다.

"야, 이 미친 자식! 무섭게 또 시작이냐? 그만해! 뭘 보고 느꼈는지 모르겠지만 여기까지 왔으니 그냥 도와 주자. 여기서 괜히 심술부리지 말고!"

짱구는 흥분한 몽짜의 팔을 잡으며 앞선 말들에 이어 답을 했다.

"그래, 맞아. 집 앞 연못에 빠졌어. 자다 말고 나가서 그렇게…. 꽤 오래전 일이야. 벌써 10년도 넘었네. 그 당시 갑작스럽게 일어난 일이었거든.

너희들한테 굳이 말하고 싶진 않았어. 에이 진짜, 그런 눈으로 보는 거 싫다고! 그냥 우리 큰아버지께 봉사한다고 생각하고! 응? 얼굴들 좀 펴."

우린 살짝 서운함은 들었지만 듣고 보니 정말 좀 짠했다. 자손이 연못에 빠져 죽다니, 안타까웠다. 하지만 여전히 개코의 눈빛은 멈출 기미가 보이지 않았다. 그러더니 바로 짱구한테 되물었다.

"그런데 연못은 어딨어? 집 주변엔 연못 같은 건 안 보이던데? 혹시 여기가 그 연못 자리야?"

개코의 말을 들은 짱구는 흠칫 놀랐다.

"어어? 어어엉! 맞아! 이 자리를 흙으로 덮고 축사를 지은 거야. 여기서 가축들을 키우면서 먼저 보낸 자손을 돌보듯 하시려는 마음이신 거지. 큰아버지의 뜻이었어.

돌아오는 주가 그 형 기일인데… 기일을 맞이하기 전에 축사를 깨끗이 치우고 싶으셨던 것 같아. 이젠 연세가 있으셔서 혼자 치우시기엔 좀 힘드셨나 보더라고.

그 얘길 우리 아빠한테 전화로 하셨는데 언저리에 있던 내가 듣게 되었어. 내가 친구들 데리고 큰아버지를 도와드리겠다고 하고선 무작정 너희들을 데리고 온 거야. 말 못 한 건 미안해. 하지만 말하기가 좀… 암튼 도와줄 거지?"

얘길 듣던 우리는 당연히 돕겠다고 했다. 그리고 앞으로 힘든 일들은 감추지 말고 다 말해달라고 했다. 그리고 평소답지 않은 짱구의 반응에 우린 좀 이상하다는 생각도 했던 것 같다.

이렇게 일하기로 하고는 축사에 들어가 바닥 정리를 하기 시작했다. 이것저것 냄새가 진동했지만, 기왕에 도와주기로 한 거, 꾹 참고 열심히 치우고 있었다.

그런데 우리 뒤쪽에서 갑자기 소들이 난리가 났다.

순간적으로 고개를 들어보니 조금 전까지 우리랑 같이 있던 개코의 모습이 보이지 않았다. 어딜 갔나, 하고 두리번거리는데 녀석이 어느 틈에 갔는지 소가 있는 장소에 있는 게 보였다.

그런데 개코가 서서 소들을 뚫어져라 쳐다보고 있는 게 아닌가. 그 시선에 소들은 미치광이처럼 날뛰더니 칸막이를 뛰어넘으려고 발버둥 치다 눈깔이 뒤집히며 입에 거품을 물었다. 우린 갑작스러운 상황에 소들과 개코를 번갈아 쳐다보며 다들 어리둥절해 있었다. 더 있다간 큰일 날 것만 같아서 난 개코를 불렀고, 남은 친구들은 날뛰는 소들을 진정시키려고 애쓰고 있었다.

"개코! 왜 그래? 정신 차려, 자식아! 뭘 그렇게 뚫어지게 보는 거야? 정신 차려!"

아수라장이 된 축사 안에서 개코는 내 목소리에 갑자기 뭐라고 중얼거리기 시작했다.

그러더니 한쪽에 있던 소를 향해 말했다.

"야야야! 거기! 찌그러져 있는 멍청이! 여기 왜 왔냐? 놀러 왔냐? 이 못 터에 주저앉아서 뭐 하게? 숨바꼭질하고 놀게? 여기가 네 놀이터인 줄 알아? 빨리 꺼져! 엄한 데 와서 목숨 갖고 장난치지 말고.

지금부터 열만 센다! 그때까지 안 꺼지면 강제로 소멸시킬 거야. 열, 일곱, 다섯, 셋, 둘, 둘의 반, 하나!"

그러자 소가 갑자기 날뛰었다. 뭘 알아들은 건지 모르겠지만 개코 말에 대답하는 것 같아 보였다. 그러고는 무슨 약속이나 한 듯 갑자기 픽, 하고 자빠지더니 그렇게 야단법석을 부리던 소들이 쥐 죽은 듯 조용하고 얌전해지기 시작했다.

개코네 집안의 염력은 짐작했지만 제대로 그 기운을 느낀 건 그날이 처음이었다. 우리는 희한한 광경에 놀라 개코를 보고만 있었고, 덜덜거리던 우리 틈에서 몽짜가 용기를 내어 물었다.

"개코! 너… 뭐… 뭘 본 거야? 아니면 그냥 막 질러댄 거냐? 거 참! 아니 누가 보면 너 미친놈인 줄 알아! 소하고 대화 나누면. 그런데 요상하네. 그렇게 날뛰더니 네 말 몇 마디에 얌전해졌어. 뭘 봤는데 그래?"

"뭘 봤냐고? 봤지! 그것도 한두 놈이 아니라 수십이 저 소 주변에 몰려 있는 거. 사지 날아간 놈, 머리 깨진 놈, 얼굴 일그러진 놈, 내장 튀어나온 놈까지! 대체 이 연못에서 몇이나 죽은 거야? 아주 우글우글해!

문제는 억세게 기 센 한 놈이 있는데 조만간 여길 사달 낼 것 같다. 이건 우리 할머니를 불러야 해결될 판이야."

개코가 어이없었던 건 쭉 좋지 않던 표정이 귀신들을 보자 갑자기 화색이 돌았다는 점이다. 그렇게 개코는 귀신들에게 뭔가 말하고 있었고, 우리는 잔뜩 겁먹고 있었다. 짜증이 났다. 그래서 개코의 등짝을 때리며 내가 말했다.

"넌 귀신 상황이 장난이냐? 아우! 이 변태야. 상황이 심각한 것 같은데 넌 뭐가 그렇게 즐겁냐?"

"아이, 아파! 그렇다고 등짝을 때리냐! 아파 죽겠네. 일단 기다려봐. 오늘 밤 그놈이 나타날 거야.

연못에 뿌리내리고 있는 놈, 그놈을 먼저 해결해야 해! 안 그러면 짱구네 큰아버지 댁이 난리가 나."

개코는 뭔가 생각하는 것 같았다. 우리가 궁금해했지만 개코는 더 이상 어떠한 언급도 하지 않았다. 그 뒤로 무서웠던 우리는 개코만 따라다녔다.

그렇게 그곳에 오래 있기 싫었던 우리는 해지기 전까지 재빠르게 축사를 치웠다. 우여곡절 끝에 축사 정리를 한 뒤 개코를 중심으로 바짝 붙어서 짱구네 큰아버지 댁으로 왔다.

짱구네 큰어머니께선 고생했다고, 어서 시원하게 씻고 와서 저녁 먹으라며 반갑게 맞아 주셨다. 우리는 후다닥, 씻고 와서 마루 한가운데에 푸짐하고 거나하게 차려진 음식들을 게걸스럽게 먹고 있었다.

그런데 갑자기 뭐가 궁금해졌는지 개코가 밥 먹다 말고 벌떡 일어나서 짱구 큰아버지를 뵈어야겠다며 안방으로 갔다. 필시 축사에서 있었던 일 때문일 거란 생각이 들었다. 우리는 방문에 기대어 안방에서 들리는 대화에 집중했다.

"저기, 어르신. 축사 말인데요. 거기가 전에 연못이었다는데 왜 그 자릴 메우셨습니까? 혹시 아드님 때문인가요? 짱구한테 얘긴 들었습니다. 그 자리가 보통 자리는 아니던데요. 그대로 뒀다간 조만간에 무슨 일이 생길 것 같아요, 어르신."

갑자기 개코가 너무나도 정중하고 평상시답지 않게 말을 꺼냈다. 그랬더니 짱구 큰아버지께서 화들짝 놀라며 대답하셨다.

"그… 그… 그 얘길 짱구가 했다는 거야? 참 쓸데없는 소릴 저 녀석이 했구먼. 그냥 모른 척해. 거긴 옛날부터 지랄 같은 곳이니까. 굿이고 뭐고 안 해본 게 없다니까….

그래도 매일 동네 사람들이 거기서 죽어 나가는데 어떡하냐. 소용없으니까 그냥 놀다가 올라가기나 해. 신경 쓰지 말고."

지랄 같은 곳이라는 말에 갑자기 가슴이 답답해졌다. 그런 곳에서 온종일 있었다는 게, 온몸에 털들이 일어섰다. 뭔가 무서웠다. 안방에 있는 개코는 절대 물러서지 않았다.

"어르신! 그곳은 단순 굿으로 해결될 게 아니에요. 다른 방법을 쓰셔야 합니다. 그곳에 센 뭔가가 있어요."

"너 혹시 무당이냐? 그걸 어떻게 알아? 방법이 있기나 한 거야?"

"저는 무당은 아닙니다. 그 자손일 뿐이에요. 그렇다 보니 뭔가를 보고 느끼긴 합니다. 전 아직 힘은 없어요. 하지만 그걸 해결할 방안이 있습니다. 그래서 말인데요. 저희 할머니를 모셔 와도 될까요?

돌아오는 주가 아드님 기일이라고 들었습니다. 그 전에 못 터에 눌러앉은 원귀를 뽑아내면 좋겠는데요. 굉장한 원귀가 그 터에 아주 오래전부터 뿌리를 내린 것 같거든요. 그걸 없애지 않으면 이 집 안에 있는 살아있는 모든 존재는 더 이상 산목숨이 아닐 듯싶습니다. 그러니 저희 할머니가 오실 수 있게 허락해주세요. 주변 시끄럽지 않게 진행하도록 할게요."

짱구네 큰집을 구하겠다는 것에 진심이 느껴졌는지 큰아버지께서는 그럼 부탁한다고 말씀하셨다. 그러자 개코는 바로 다음 날 할머니를 모셔 온다고 했다.

다음 날 아침, 개코를 제외한 우리는 전날의 피로감으로 뻗어 있었다. 그러나 개코는 부지런하게도 우리한테 짱구네 집에 있으라고 하고 그길로 혼자 집으로 올라갔다. 그리고 그날 늦은 저녁 개코네 아버지께서 차로 할머니를 모셔 왔다.

개코네 할머니는 짱구 큰아버지 내외한테 간단한 인사만 하시곤 곧바로 연못 터였던 축사로 움직이셨다. 우리와 짱구네 큰아버지 내외도 동행했다.

그렇게 모여 축사 앞에 다다르니 개코네 할머니께서 갑자기 걸음을 멈추셨다. 그리고 숨을 한 번 길게 쉬시더니 개코만 따라 들어오라고 하시며 다들 밖에 있으라고 하셨다. 왜 개코만 오라고 하신 걸까? 할머니께선 개코가 무당의 기운을 받는 걸 반대하셨기에 좀 의아했다. 하지만 이유가 있을 거라고 생각했다. 좀 더 맑은 기운의 영적 능력이 필요하셨을지도 모르는 거니까 말이다.

그렇게 우린 한참을 밖에서 기다리고 있었다. 그동안 안에서는 이상한 소리가 들려왔다. 닭들이 퍼덕대며 우는 소리, 돼지가 꿀꿀거리는 소리, 오리들이 도망치며 꽥꽥거리는 소리, 그리고 소들의 광기 어린 소리, 할머니의 호통치는 소리까지.

대체 저 안에서 무슨 일이 벌어지는지 정말 궁금했다. 그 궁금증이 극에 달한 순간 개코가 먼저 나왔다.

"뭐야? 그 안에서 무슨 일들이 벌어지고 있는 거야? 궁금해 미치겠다고!"

그랬더니 개코가 한숨을 쉬며 난감한 표정으로 짱구네 큰아버지를 향해 말했다.

"어르신, 이 집안에서 저 연못에 빠져 죽은 분 계시죠? 아주 오래전에요. 어르신의 첩이라고 하던데요. 어르신께 헌신짝처럼 버려졌다고…. 그리고 아드님을 그분이 낳았다고 하던데요?

지금 저희 할머니께서 원혼을 달래주고 계시긴 한데요. 이 집을 다 잡아먹을 거라고 하네요. 왜 그러셨어요? 왜 그 여자분을 죽게 하셨냐고요. 한이 깊습니다. 그동안 동네 사람들을 잡아간 건 자기를 첩년이라고 손가락질하며 뭇매를 때려서 그랬다고 말하던데…. 너무들 하셨어요! 자손까지 낳아 줬는데…."

우리는 개코의 말에 놀랐다. 하지만 개코의 말을 들은 짱구네 큰아버지 내외가 동시에 바닥에 주저앉더니 눈물을 흘리기 시작했다.

그런 이유로 지금껏 이상한 일들이 일어났냐고 하시면서 그 당시의 일들을 짱구네 큰아버지께서 차분히 말씀하셨다.

"그때 이 사람은 애를 못 낳는 상황이었다. 종부인데 대를 못 잇는 건 우리 집안에 있을 수 없는 일이었지. 그 당시 우리 어머니께서 이 사람한테 시집살이를 엄청나게 시키는 거야. 아이를 못 낳는 죄로 이 사람은 그렇게 구박당했다. 그러다 어느 날 어머니께서 다짜고짜 첩을 들여야겠다고 하시는 거다.

난 싫다고 했지. 애가 뭐라고 첩까지 들이느냐고 말이다. 하지만 씨알도 안 먹혔어. 종손의 명맥은 이어야 한다고 하셨지. 난 어머니 말씀이 너무도 듣기 싫었고 그래서 날마다 싸웠다. 이 사람 두고 다른 여자를 들인다는 건 볼썽사납기도 했고, 짐승 새끼도 아닌데 그러는 건 아니지 싶었으니까. 하지만 어머니는 고집을 꺾지 않고 느닷없이 어디선가 여자를 데리고 들어오셨다.

참 기가 막혔고, 그 여자는 무슨 죄인가 싶었지. 그런데 이 사람이 그러는 거야. 어머니 뜻 거역하지 말라고. 그리고 자기를 살려달라고 했어. 죄짓는 마음으로 사는 게 괴롭다고 하면서…. 울면서 그렇게 말하는데 그야말로 사면초가였다. 그러다 이 사람의 간곡함에 할 수 없이 살게 됐는데 이 망할 것이 아들을 낳았다고 점점 이 사람 자리를 넘보는 거야. 그리고 이 사람을 오며 가며 괴롭히더라고. 나 몰래 저지르다가 불시에 나한테 딱 걸렸지. 그 꼴을 볼 수 없어서 나는 그 여자가 이 사람한테 한 대로 그대로 했다.

구박에, 욕지거리에, 사납게 덤벼들 땐 때리기도 했어. 하… 내가 죽일 놈이다. 때리진 말았어야 했는데…. 거기다 동네 사람들한테도 집주인인 양 못되게 굴면서 어찌나 동네를 휘젓고 다녔는지…. 욕 많이 먹었지. 동네 사람들하고 싸우기도 많이 싸웠다니까….

그렇게 세월아 네월아 하면서 하도 선을 넘어대니까 용서가 안 되는 거야. 그래서 내 집에서 당장 나가라고 했다. 꼴도 보기 싫다고 하면서 말이다.

그랬더니 그것이 자기를 버리면 연못에 빠져 죽겠다고 하는 거야. 그래서 죽을 테면 죽으라고 했지. 설마 죽겠느냐 싶었지만 진짜 그 연못에 빠져 죽어버린 거지.

그리고 그 후로 마을 사람들이 하나 둘씩 그 연못에 빠져 죽더니 내 아들도 빠져 죽었다.

그게 원흉이 돼서 그런가 싶어 굿도 많이 했어. 근데 소용이 없는 거야. 그래서 연못을 메우고 거기다 축사를 지었어. 한동안 괜찮았는데, 태어나는 송아지들이 자꾸 죽는 거야. 이상하다 하던 참이었는데 오늘에서야 제대로 알았네.

그동안 굿판에서는 이 이야길 안 해줘서 몰랐는데…. 여기 할머니가 용하긴 하다. 어쨌든 내 업이 큰가 봐. 내 잘못이지. 그러지 말았어야 했는데… 흑흑."

짱구네 큰아버지께서는 그동안 있었던 일들을 세세히 말씀해주시더니 말미엔 그만 통곡하셨다. 자신의 무지함과 그런 행동으로 괜한 목숨만 잃게 했다면서 말이다.

난 그 모습을 보면서 '시대 흐름상 종부의 중책 때문에 일어난 비극이 아니었을까'라는 생각이 들었다. 그리고 모두 숙연한 상태로 있었는데 그 상황도 잠시, 갑자기 개코네 할머니께서 씩씩대며 나오시더니 그냥은 안 되겠다고, 원귀의 한이 너무 깊으니 굿을 해야겠다고 하셨다.

할머니는 만일을 대비해 굿을 위한 준비를 해오셨다고 했다. 그걸 꺼내 축사 앞에 쪼르르 놓은 후 굿을 하기 시작하셨다. 돈은 받지 않으셨다. 그 굿은 돈을 받게 되면 부정 탄다고 하셨다.

신기한 건 신명 나게 울려대는 무악기가 없는데도 굿이 진행된다는 것이었다. 무구와 할머니의 신들린 춤사위가 어우러지는데 그야말로 황홀경이 따로 없었다.

그렇게 꽤 긴 시간 굿이 행해졌고 중간중간에 할머니께 그 첩의 원혼이 들어와 힘들었던 상황들을 다 토해냈다. 한참을 그렇게 할머니의 몸에 실려 말을 한 뒤 짱구네 큰아버지와 서로 용서를 구했다. 그리고 더 이상 괴롭힘은 없을 거라며, 자기 자리로 돌아가겠다는 약속과 함께 천도가 되었다.

역시 개코 할머니는 용하셨다. 기가 막히게도 그 후엔 진짜 아무 일도 일어나지 않았다. 송아지들도 무사히 태어나 쑥쑥 잘 자라줬다.

그 덕에 큰아버지 댁은 부자가 되었고, 개코 덕분에 모든 일이 잘 풀렸다며 고마움의 표시로 개코 할머니께 멋진 당집을 지어드렸다.

개코 할머니께선 단호하게 안 받겠다고 하셨지만 짱구네 큰아버지께서는 자기처럼 어려움에 처한 사람들을 도와주는 데 사용해 달라고 하시며 영험함의 기운이 오래 가길 바라는 마음이니 받아달라고 간곡히 부탁하셨다고 한다.

그렇게 대학 새내기 시절 첫 여름방학에 있었던 이 일은 우리 사총사에겐 평생 잊을 수 없는 기억이 되었다. 지금까지도 여전히 우리 사총사들은 만나고 있다. 가끔 꿉꿉한 여름밤이면 그때의 이야기로 추억 한 편을 끄집어내며 세상살이의 맛을 즐기곤 한다.

2부

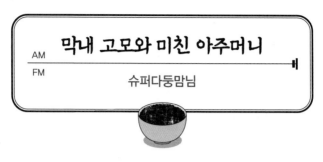

막내 고모와 미친 아주머니

슈퍼다둥맘님

아버지 집안은 대가족이다. 할머니가 능력이 좋으셔서 아들딸 순으로 6남매를 낳으셨는데 아버지가 장남이어서 고모와 나는 겨우 열 살 차이밖에 나질 않았다. 어릴 적 기억에 고모가 고등학교 교복을 입었던 걸 기억하니까 말이다. 할아버지는 내가 태어날 때쯤 돌아가셨다고 한다.

명절이면 우리 친가는 북적북적했다. 할머니 자손과 손녀들, 며느리 셋, 거기에 할머니의 친엄마인 증조할머니까지…. 제사 준비로 정신이 없으니까 막내 고모가 나와 내 동생을 데리고 놀아주고 가끔 재미있거나 무서운 이야기를 해줬다. 지금 하려는 이야기는 막내 고모가 해준 이야기 중 고모가 직접 겪었던 일이다.

146

고모는 어릴 적, 전기도 거의 안 들어오는 시골에 살았다. 집도 처음에는 초가집에서 살다가 어느 정도 돈을 벌어서 10분 거리 아래 땅을 조금 사서 할아버지가 큰집을 직접 지으셨고 이사했다. 기존 초가집은 팔지 않아서 집이 두 채가 된 거였다.

시골에 막 전기 보급이 이루어지던 때, 초가집과 큰집 사이 중간 지점에 가로등이 하나밖에 없어서 할아버지가 집에 손님을 데리고 오는 날이면 작은삼촌과 막내 고모는 손전등 하나만 달랑 들고 초가집으로 가서 자곤 했다고 한다.

고모가 살던 그곳엔 유명 인물인, 미친 아주머니가 동네를 활보하고 다니셨는데 머리가 뭉친 산발에 옷은 다 해지고, 신발도 한 짝만 신고 한 손엔 쇠꼬챙이를 들고 돌아다녔다. 날이 더우면 길바닥이나 마을 서낭당 나무 밑에서 드러누워 자고, 날이 추우면 논에 돌돌 말아둔 볏단 안에 들어가서 자곤 했다고 한다. 간혹 마을 사람들이 불쌍해서 밥이라도 바가지에 비벼주면 받아먹고, 눈이 마주치고 말이라도 걸면 알 수 없는 말만 중얼거렸다고 했다.

"누가 꽃을 꺾었나~ 누구 손모가지일까?"

마을 안에는 아주 큰 저수지가 있었고 여름만 되면 외지 사람들이 피서를 즐기기 위해 고모 동네의 저수지로 오기도 했다. 그런데 동네 사람들한테는 조용히 중얼거리던 미친 아주머니가 외지 사람이 와서 말을 걸면 날이 선 목소리로 말하면서 매섭게 노려봤다.

"네가 꽃을 꺾은 손모가지야?"

아주머니가 미친 이유를 동네 사람들은 알면서도 아이들에게는 쉬쉬해서 고모도 정작 왜 그 아주머니가 미친 건지는 모른다고 했다.

어느 여름날 밤, 오지랖 넓으신 할아버지가 또 친구분들을 데리고 집으로 와서 한잔 걸치시는 바람에 작은삼촌이랑 막내 고모는 초가집으로 가서 자게 되었다.

보름달이 크게 떠서 논두렁길이 훤히 보이던 날이었는데 초가집으로 가는 길목 중간 가로등까지 왔을 때쯤 작은삼촌이 만화책 좀 챙겨올 테니 먼저 초가집에 가 있으라고 고모에게 말했다고 한다. 밤길이 어둡지도 않았고, 손에 든 손전등도 막내 고모에게 준다고 해서 고모는 삼촌에게 빨리 다녀오라고 하고 혼자 초가집으로 향했다. 그렇게 초가집에 다 와서 대문을 열고 들어가려는데 갑자기 뒤에서 누군가 이렇게 말했다.

"크큭… 계집애가 혼자네?"

"야, 여기 빈집 아닌데?"

깜짝 놀라서 뒤를 돌아보았는데 당시 우리 아버지 정도 되는 남자 외지인 3명이 고모를 보고 킬킬, 웃더라는 것이다. 겁이 나서 뒷걸음질하다 큰집으로 뛰려고 등을 돌렸는데 머리채를 잡혀서 초가집 뒤에 있는 야산 쪽으로 질질 끌려갔다.

"엄마! 아버지! 나 어떡해. 살려주세요! 살려주세요!"

소리를 지르니까 끌고 가다 말고 조용히 안 한다며, 따귀를 때리고 발로 밟아서 고모는 할아버지, 할머니 얼굴이 스치면서 나 죽는다고 생각하며 눈물이 쏟아졌다고 한다.

그렇게 끌려가는데 어떤 소리가 들렸다.

"누가 꽃을 꺾었을까, 네 손모가지일까?"

"뭐야? 저 미친년은."

남자들이 웃는 소리에 머리채를 잡힌 고모가 고개를 들어 앞을 봤는데 미친 아주머니가 한 손에 다 말라죽은 고양이 사체를 품에 안고 외지인 남자들을 보며 씨익, 웃더라는 것이다. 그들은 남자 셋이니 여자를 이길 수 있다고 생각했는지 피식, 비웃었다고 한다.

아주머니의 반대쪽 손에는 늘 들고 다니던 쇠꼬챙이가 아닌 날이 시퍼렇게 선 식칼이 있었고, 입 주변에 뭔가 붉게 묻어있는 걸 보고 주춤하더니 목소리가 떨리는 게 느껴졌다. 보름달이 훤히 비추는 밤, 입에 붉은 뭔가를 묻히고 한 손에 죽은 고양이, 한 손엔 날이 시퍼렇게 선 식칼을 들고 웃고 있는 미친 여자.

"네가… 꽃을 꺾은 손. 모. 가. 지. 구나! 아하하!"

찾았다는 듯 매섭게 노려보며 웃는 아주머니의 모습에 남자들은 움찔해서 고모를 내동댕이치고 뒷걸음질하다 쌍욕을 하면서 걸음아 나 살려라 도망쳤고 고모도 달밤에 본 그 아주머니 모습이 너무 무서워 바짝 얼어버렸는데 아주머니가 천천히 다가오더니 식칼을 허리춤에 끼고서는 말했다.

"예쁜 꽃… 흐흐흐, 예쁜 꽃은 괜찮아. 흐흥~"

아주머니는 바보처럼 헤벌쭉 웃으셨고 그걸 보고 고모도 긴장이 풀려 마주 보고 웃었다고 한다. 그때 자세히 보니 입에 묻은 붉은 자국은 고추장이었다고.

아주머니는 고모를 일으켜 세워서 작은 손을 꼭 잡고 초가집 대문 앞까지 데려다주셨고 마침 초가집 쪽으로 만화책을 보자기에 싸서 팔짝팔짝 뛰어오는 작은삼촌을 보고는 조용히 돌아서서 논두렁을 따라 가버리셨단다.

삼촌은 만화책 가지러 간 사이에 입술 터지고 뺨이 시뻘겋게 부어서 산발한 머리의 고모를 보고 놀라 자빠졌고, 그날 할아버지는 막걸리를 드시다 말고 그 외지인들을 잡겠다고 노발대발하셨다고 한다. 그리고 작은삼촌 역시 막내 고모를 안 지키고 혼자 왔다고 다리몽둥이가 부러질 정도로 종아리를 맞으셨다고 했다.

고모는 너무 큰일을 겪고 나서인지 나가는 걸 두려워해서 집

안에만 틀어박혀 있었고, 결국 그 외지인들은 잡지 못했다고 한다.

그 후 1년이 지나고 그다음 해 초입, 봄으로 들어서던 날.

그 미친 아주머니가 저수지의 얼음 위를 돌아다니다 얼음이 깨지는 바람에 물에 빠져 죽었다고, 할머니와 할아버지가 하시는 말을 듣게 되었다. 시체라도 찾아보려고 수영 좀 한다는 사람을 모아서 직접 자맥질도 하고 그물을 써서 이 잡듯 뒤졌는데 시체가 좀처럼 나오지 않더라는 것이다.

서너 달이 지나서 날이 풀리고 마을 이장님이 무속인 한 분을 모셔 오셨고 마을 사람들이 다 모여있는 곳으로 고모도 할머니 손을 잡고 나왔다. 고모가 갔을 때는 무속인이 놋그릇에 생쌀을 담더니 뚜껑을 덮고 긴 무명천 끝에 꽁꽁 싸매서 묶었다. 그리고 저수지에 준비된 나룻배에 올라타더니 저수지 끝에서 끝으로 무명천 끝에 싸맨 밥그릇을 물속에 빠트리면서 구슬픈 노래를 불렀다고 한다. 반나절 정도 노래를 불렀는데, 갑자기 무명천이 팽팽해지더니 무속인이 배 위에서 꼬꾸라지는 것이 보였다.

"여기다. 여기야!"

그 외침에 수영 좀 한다는 어르신들이 살은 다 허물어지고 뼈가 보이는 아주머니 시신을 꺼내 오셨다.

"어휴, 어째… 불쌍해서 어쩌누."

마을 사람들 모두 탄식했고 배에서 돌아온 무속인이 무명천 끝에 매달린 놋그릇을 풀어 보여주었는데 분명 생쌀을 가득 담았던 놋그릇 안에는 쌀 대신 물에 젖은 머리카락 뭉치만 가득 들어있는 걸 보았다고 한다. 그 무속인은 다음과 같이 말하며 눈물을 훔쳤다.

"내 이리 한스럽고 눈물 나긴 처음이네. 보통 생쌀 사이에 머리카락 몇 가닥으로 여기 있다 알려주는데, 얼마나 배가 고프고 굶주렸으면 다 드시고 여기 있다고 했을꼬…."

할아버지는 아주머니가 막내 고모를 구해주셨던 일도 있고 해서 은혜 갚으신다고 자진해서 아주머니의 시신을 거두시고 장례를 치러주셨다. 이야기를 다 들려준 고모가 한숨을 푹 쉬더니 말했다.

"있지… 그 아주머니 살아있을 때 고맙다고 말 한마디 못 한 게 죄송스럽네. 그러니까 둥이 너도 고마운 사람이 생기면 말 아끼지 말고 많이 표현해. 고모처럼 후회하지 말고…."

때는 2017년 7월 한창 더운 여름, 경북 김천에 있는 검역 본부 보조 연구원으로 일하면서 겪었던 일이다. 그 당시 계약직이었지만 내 주요 업무는 출장을 다니면서 연구과제에 필요한 시료를 채취하는 것이었다. 출장은 더운 여름에는 매우 잦았고, 하룻밤 자는 일도 매우 드물었으며, 퇴근 시간도 불규칙했다.

그때도 출장을 다녀와서 평소보다 늦은 시간인 10시경 퇴근하게 되었다. 출장을 다니면서 한창 지쳐 있었기 때문에 문득 그날 점심시간에 커피를 사 들고 연구원들과 갔던 곳이 생각났다.

풍경도 아름답고 잔잔하던 오봉 저수지였다. 이 기회에 기분 전환도 할 겸 다녀올까 싶어 퇴근길에 차를 타고 오봉 저수지로 향했다. 늦은 저녁, 그곳에 가본 사람이면 알겠지만, 가는 길 주변에는 인가라고는 전혀 찾아볼 수 없고, 모텔 하나와 많은 과수원이 있다. 조금만 더 가보면 몇몇 식당과 근처에 산책로만 있을 뿐 산 밑을 제외하면 인가라고는 전혀 없는, 그냥 단순한 작은 외지다. 회사에서 그 저수지까지는 그리 멀지 않았기 때문에 일찍 도착할 수 있었다.

늦은 시간임에도 다행히 산책로에 가로등이 켜져 있어서 무섭지 않았고 물가 근처라 그런지 그날따라 엄청 시원했다. 그렇게 가볍게 산책하던 중 마침 저수지 건너편 다리 근처에서 사람들이 불꽃놀이하는 걸 보게 되었다.

'불꽃놀이하네? 그냥 옆에 가서 구경이나 할까?'

이런 생각에 힐링도 할 겸 그쪽으로 가보기로 했다. 하지만 걸어가기엔 조금 먼 거리여서 차를 타고 천천히 사람들이 있는 쪽으로 다가갔다. 작은 다리가 하나 있었는데 아주 좁아 차 한 대가 겨우 들어갈 정도였다.

그런데 가까워질수록 불꽃이 점점 희미해져 갔고, 그 지점에 도착했을 때는 언제 불꽃놀이를 했나 싶을 정도로 빛과 함께 사람의 형상이라고는 찾아볼 수 없었다.

'어? 너무 피곤해서 헛것을 본 건가?'

그런 생각이 들어 다시 차를 돌려 다리 밖으로 나가 어느 정도 그곳이 멀어진 상태로 사이드미러를 봤는데 다시 사람들이 모여 불꽃놀이하는 것이 보였다.

그때 무슨 용기가 났던 건지, 아니면 무슨 생각이었는지는 모르겠지만 다리 지점에서 시동을 켠 채 정차해두고 사람들이 있는 곳으로 가기로 마음먹었다.

'내가 도착했을 때 마침 불꽃이 꺼진 거였구나.'

그렇게 사람들이 있는 곳으로 걸어가 거의 그 지점에 도달했을 때 즐겁게 웃으며 불꽃놀이를 하고 있던 세 명이 갑자기 동작을 멈추고 굳은 자세로 가만히 서 있는 것이었다.

그 모습에 뭔가 싸했고, 온몸이 오싹해지기 시작했다.

약 30초 정도가 지났을 무렵, 불꽃이 훅, 꺼지면서 언제 거기 있었냐는 듯 사람들이 증발하듯 흔적 없이 사라졌고, 나는 평소에 느껴보지 못한 두려움에 사로잡혀 빨리 이곳에서 벗어나야겠다는 생각으로 차가 있는 곳까지 뛰어갔다.

내 차는 문을 열면 운전석과 조수석 사이에 있는 불이 켜지는 형식이었고, 문을 열자 그 불이 켜지면서 조수석 뒷자리에 누군가 앉아 있다는 싸한 느낌이 들었다.

나는 다시 문을 닫고 죽을힘을 다해 뛰었다. 놀란 마음을 진정시키며 혹시 모를 상황을 대비해 문이 열리기를 주시하며 어느 정도 차 내부가 잘 보이는 위치까지 조금씩 움직였다.

그때 운전석과 조수석 사이에 있는 불이 켜지면서 조수석 뒤에 있는 사람의 형상이 얼핏 보이기 시작했다.

긴 생머리의 여자였다. 그런데 그 불은 수동으로 켜거나 차 문을 열었을 때만 켜지는데 갑자기 켜졌다는 게 이상했다. 그리고 단번에 이런 생각이 들었다.

'아! 귀신이구나.'

그렇게 그 불이 켜지고 꺼진 후 한 20분 정도가 흘렀을까. 차 내부를 휴대전화 카메라로 확대해보고 있었는데 사람의 형상이 사라지는 것이 보였고, 빨리 차를 몰고 가야겠다는 생각이 들었다.

그렇게 재빨리 차가 있는 곳으로 가서 올라타자마자 조수석과 함께 뒷좌석을 확인했고, 아무것도 없다는 걸 인지하고 차 문을 잠근 후 출발하려고 했다. 운전하기 위해 정면을 보았을 때 나는 깜짝 놀라고 말았다.

아까 뒷좌석에 타고 있던 긴 생머리의 여자가 차 바로 앞에 서 있었기 때문이었다. 그 여자는 긴 머리 때문에 바닥을 보고 있는 것인지, 차를 보고 있는 것인지 분간할 수 없었지만 나는 너무 놀란 마음에 일단 급하게 후진을 하면서 여기를 얼른 빠져나가야 한다고 생각했다.

다행히 그 여자는 그 자리에 똑같은 자세로 서 있다가 어느 순간 사라졌고, 나는 안심할 수 있었다. 그렇게 한숨을 쉬며 놀란 가슴을 쓸어내리던 찰나 잠시 후방을 보았을 때 빨간 불빛 사이로 여자가 차를 향해 뛰어오고 있는 게 보였다.

[같이 놀다가 어디 가는 거야? 같이 가야지!]

여자는 미친 듯이 웃으며 뒤에서 뛰어오고 있었다.

여자의 얼굴 한쪽은 지극히 정상적인 얼굴이었지만 한쪽은 마치 화학용품에 얼굴이 녹아내린 듯 알아볼 수 없을 정도로 망가져 있었다. 나는 너무 놀라 정신없이 차를 몰았고, 다행히 무사히 집에 도착할 수 있었다.

평소 귀신이라는 존재를 잘 믿지 않았는데, 이 일로 인해 믿게 돼버렸다. 나중에 곰곰이 생각해보니 불꽃놀이를 본 순간, 귀신에게 홀린 거라는 생각이 들었다. 만약 불꽃놀이 지점에서 더 들어갔다면 아마 호수에 빠지지 않았을까 하는 생각에 온몸에 소름이 돋았다.

시간이 조금 지나 아는 동생과 함께 운세를 보러 무당집에 가게 되었다. 그런데 그곳에서 말하시길 내 사주에서 피해야 하는 숫자가 '4'라고 했다. 그 당시 마주친 사람은 불꽃놀이를 하던 사람 세 명과 여자 한 명.

즉 무속인이 말한 4명이었으며, 그들이 불꽃놀이를 하던 곳은 절대 사람이 갈 수 없는 저수지 안쪽이었기에 나는 제대로 홀린 상태로 그대로 물에 들어가 죽을 수도 있었다고 했다.

그리고 수년이 흐른 지금도 아내와 함께 그쪽을 지나곤 하는데 얼마 전 안개가 자욱하게 낀 날, 다리 위에서 중년 부부와 딸로 보이는 젊은 여성이 산책하는 걸 보았는데 그 여성의 얼굴에 기시감이 들었다. 그 이유를 생각하며 그 여성을 자세히 보았는데 순간 눈이 마주쳤고 씨익, 웃는 것이 보였다.

그렇다. 그때 그 여자 귀신이었다. 아내 손을 잡고 헐레벌떡 그곳을 벗어나며 뒤돌아보았는데 중년 부부만 한가로이 걷고 있었고 그 여자의 모습은 보이지 않았다.

이후 아내에게 말했더니 정신 차리라고, 등짝을 엄청나게 맞았다. 그리고 아내가 며칠 후 장모님께 내 이야기를 했는데 모두 들으신 후 이렇게 말씀하셨다고 한다.

"그것참, 이상하네. 너희 아버지도 30년 전 엄마랑 신혼일 때 영철이 아저씨랑 낚시하러 거기에 간 적이 있거든. 그때도 웬 하얀 원피스 입은 여자를 봤다고 난리도 아니었어. 거기 정말 귀신이 있긴 있나 보다."

신내림이 비껴간 룸메

아롬님

이 이야기는 내가 대학교 때 겪었던 일이다.

10년 전, 나는 신내림이 비껴간 친구와 룸메이트가 되어 원룸에 산 적이 있었다. 그 친구의 능력이 주변에 영향을 주었던 것인지, 함께 사는 짧은 6개월 동안 정말 수많은 일을 겪었다. 개인적으로 다시는 겪고 싶지 않은 일들이었다. 지금부터 모든 이름과 지명은 가명으로, 그 친구는 편의상 김 씨라고 하겠다.

김 씨는 대학 1학년 때는 박 씨라는 친구와 함께 살았다. 김 씨와 박 씨는 1층밖에 없는 H 원룸에 살았는데 그 원룸엔 모두 우리 과 친구들이 지내고 있었다.

방은 6호까지 있었고, 김 씨와 박 씨는 4호에 살고 있었다. 나는 3호 친구들과 친해서 1학년 때 3호에 굉장히 자주 드나들었다. 덕분에 1호부터 6호까지의 과 동기들과 자주 함께 밥을 먹고 놀곤 했다.

그때는 딱히 아무 일도 없었고 4호의 박 씨, 김 씨와도 나름대로 사이가 좋았다. 그러다 2학년으로 올라가며 나도 원룸을 구하려 했고, 월세가 부담스러워 같은 과에서 룸메이트를 찾기 시작했다.

그런데 잘 지내는 것처럼 보이던 김 씨가 박 씨와 룸메를 그만두고 나와 자기도 새 룸메를 찾는다는 것이다. 김 씨는 보증금은 자기가 다 낼 테니 월세만 반씩 내자고 제안해서 나는 고마운 마음에 냅다 김 씨와 룸메가 되기로 했다.

그리고 김 씨와 룸메가 되기로 하고 악수를 한 그날 밤, 마치 경고하듯 나는 태어나 처음으로 가위에 눌리게 되었다. 멀리서부터 소란스러운 소리가 점점 가까워지더니 사방을 뒤덮고 돌연 뚝, 하고 끊겼으며, 그 후 숨 막히는 공포감과 무언가 왔다는 것을 느낄 수 있었다. '이게 말로만 듣던 가위눌림이구나!' 나는 벌벌 떨었다.

친구들 사이에서도 유명한 겁쟁이인 나는 눈도 못 뜨고 숨만 몰아쉬고 있었다. 그러자 내 허벅지에 뭔가 묵직한 것이 꾹 내려

앉는 느낌이 들었고 어떻게든 빨리 가위눌림에서 풀리기 위해 인터넷에서 본 방법대로 손가락을 움직여 보려 안간힘을 쓰며 눈을 살짝 떠보았다.

그러자 흐릿한 실눈 사이로 머리가 아주 긴 여자가 내 허벅지에 다소곳하게 앉아 있는 게 보였다. 눈을 마주치기가 너무 무서워 그 여자의 다리와 온몸을 뒤덮을 정도의 긴 머리카락만 보고 다시 눈을 질끈 감았다.

어떻게 했는지 몰라도 엄지에 있는 대로 힘을 주고 식은땀을 흘리며 가위눌림에서 풀려났다. 난생처음 느껴보는 그 숨 막히는 공포감에 잠도 제대로 이루지 못하고 거의 울 듯이 웅크리던 밤이 지나갔다.

나는 어쩐지 이게 살면서 한 번씩 경험하는 단순한 가위눌림이 아니라는 느낌이 들었다. 왜냐하면 그때 이미 김 씨가 귀신을 본다는 소문이 조금씩 들려왔기 때문이었다. 어쩌면 김 씨와 연관이 있을지도 모른다는 생각에 나는 김 씨와 함께 살았던 박 씨를 찾아갔다.

박 씨에게 김 씨와 내가 룸메가 되기로 한 그날 바로 가위에 눌렸다고 이야기해주었고, 박 씨는 그 말을 듣자 시니컬하게 웃으며 말했다.

"김 씨, 걔 완전 귀신 끌어모으는 애야."

그 말에 나는 화들짝 놀랐다. 사실 박 씨와 H 원룸에 사는 모든 동기가 김 씨가 끌어들이는 귀신 때문에 그동안 몸살을 앓고 있었다는 것이다. H 원룸에 김 씨가 사는 동안, 1호부터 6호에 살던 모든 동기가 밤마다 여자 우는 소리를 들었다고 했다.

H 원룸에서 여자는 나와 친한 3호에 2명, 4호의 김 씨와 박 씨 그리고 6호에 혼자 사는 한 명뿐이었다. 초반엔 며칠간 여자 울음소리를 듣던 H 원룸 동기들은 3호와 4호엔 두 명씩 함께 살며 자기들은 운 적이 없다는 걸 아니까 6호에 사는 친구가 우는 줄 알았다고 한다.

하지만 어느 날, 6호의 여자 동기도 대체 누가 밤마다 우는지 물어봤고, 다른 동기들이 놀라서 '네가 아니었냐'고 물었지만 놀랍게도 6호의 동기는 그동안 남자 친구와 함께 지내고 있었고, 둘이 사이가 좋아 우는 일도 없다고 했다.

이제 남은 용의자는 5호 남자 동기의 여자 친구였다. 하지만 5호에는 남자 두 명이 살아서 여자 친구가 밤에 와서 울 일도 없거니와 5호의 남자 동기들도 그 울음소리를 들으며 6호겠거니 했다는 것이다.

그동안 4호의 김 씨는 아무런 말도 하지 않고 있었고, 그때까지 모든 H 원룸의 동기들은 이 원룸에 귀신이 사는 게 아니냐며 무서워하기도 하고, 오래 들어서 익숙해져 버리기도 했다고 한다. 그리고 김 씨가 박 씨와 함께 살았던 4호를 나와서 나와 함께 계약한 원룸으로 떠난 후부터 그 여자 울음소리는 거짓말처럼 사라졌다고 한다.

그때 박 씨 역시 그 귀신 울음소리는 모두 김 씨 때문에 들리던 것으로 확신했다. 그녀가 김 씨 때문에 귀신 소리가 들렸다고 확신한 사건은 하나가 더 있었다.

공강이 있던 어느 날, 4호와 5호는 문을 활짝 열고 왔다 갔다 왕래하며 놀고 있었다. 5호에 사는 남자 동기의 여자 친구가 긴 머리카락을 앞으로 넘겨 고개를 숙이고 마치 좀비처럼 팔을 든 채 4호의 여자 동기들을 겁주기 위해 천천히 걸으며 '섬 집 아기' 노래를 섬뜩하게 부르면서 다가오고 있었다. 김 씨와 박 씨는 그 실없는 장난에 그녀를 보며 웃고 있었는데, 김 씨가 갑자기 바닥 쪽을 보더니 찢어질 듯한 비명을 질렀다고 한다.

"오지 마! 오지 마!"

그리고 거품까지 물며 발작했고, 당황한 동기들과 김 씨, 박 씨의 남자 친구들이 김 씨를 들고 급한 대로 3호로 도망쳤다. 잘 쉬고 있던 3호의 동기들은 갑자기 쳐들어온 친구들 때문에 당황한 것도 잠시, 심상치 않은 김 씨의 상태를 걱정하고 있었는데 잠시 후 상태가 진정된 김 씨를 붙잡고, 김 씨의 남자 친구와 동기들이 걱정스럽게 왜 그랬냐고, 혹시 지병이라도 있는 것인지 물었다. 김 씨는 대답을 꺼리듯 한참을 망설이다 결국에는 실토했다.

사실 5호 동기의 여자 친구가 장난칠 때는 아무 일도 없었는데 그 장난친 친구가 부른 '섬 집 아기'가 귀신들이 좋아하는 노래라고 한다. 그리고 H 원룸은 무덤을 밀고 지은 곳이라 터가 매우 안 좋고 밖에 귀신들이 많이 돌아다니는데, 보통 귀신들은 힘이 아주 약해 사람이 사는 집 대문을 거의 넘지 거의 못 한다고 했다. 대문을 넘는 귀신은 그 자체로 기운이 강하거나 혹은 악한 사념이 매우 강한 경우라고 말이다.

그런데 그 여자 동기가 '섬 집 아기'를 부르며 4호로 다가오자 어떤 귀신이 그 노래에 힘을 얻어 온갖 악한 사념을 끌어모아 바닥을 기며 4호로 들어오려고 했다는 것이다. 그 모습이 너무나 기괴하고 섬뜩한 나머지 김 씨가 발작하며 오지 말라고 소리를 친 것이다.

이 말을 들은 우리는 그제야 김 씨가 이상한 것을 본다는 것을 알게 되었고, 신실한 기독교 신자였던 김 씨의 남자 친구가 십자가를 4호에 걸어주고 나서야 김 씨와 박 씨는 다시 4호로 돌아갈 수 있었다고 한다.

이 모든 이야기를 들은 나는 정말 머리부터 발끝까지 차가워 진다는 것이 무엇인지 온몸으로 느낄 수 있었다. 귀신을 보고 끌어당기는 김 씨와 꼼짝없이 6개월 동안 살 원룸 비용을 모두 낸 상태였으니까.

내가 겁에 질린 모습을 보자 박 씨는 웃으면서 이상한 일이 있으면 도망치라고 조언했고, 우리는 헤어졌다.

휴가 중 단체로 홀린 이야기

AM
FM

스토리텔님

2018년 여름, 내가 군에서 휴가를 나왔을 때의 일이다. 나를 포함한 동기 6명은 여름휴가 계획을 짰다. 갑갑한 철책에서 벗어나 우리는 가평에 있는 수상레저인 빠지를 즐기기로 했고 7월 말, 스타렉스 한 대를 빌려 가평으로 출발했다. 부대 내에서는 휴대전화를 못 쓰던 시절이라 우리는 가는 도중에 숙소를 예약하기로 했다. 노래를 들으며 가는 길에 저마다 숙소를 알아보던 중 동기 민기가 숙소의 사진을 보여주며 말했다.

"오! 여기 싸고 좋은데?"

6명 모두가 하나의 방에서 잘 수 있는 숙소의 가격은 오만 원. 성수기가 시작된 7월 말의 가격치고는 너무 저렴했다. 우리는 고민도 없이 전화를 걸어 예약했다. 가평에 도착해서 우리는 녹

초가 될 때까지 물놀이하며 놀고 장을 봐서 숙소로 이동했다.

숙소는 시내에서 생각보다 멀었으며, 이름 모를 산 비슷한 곳의 구불구불한 길을 계속해서 올라갔다. 정확히 꼭대기에 위치한 그곳은 경치도 좋고 분위기도 좋았다. 마당에 주차한 후 관리실에서 현금으로 결제하고 방을 안내받았다. 방으로 이동하던 중 나는 두 명의 아이와 마주쳤다.

그중 동생으로 보이는 남자아이가 렌트한 차량을 양 손바닥으로 내리치는 이상한 행동을 했다. 빌린 차량이기 때문에 그러지 말고 주의를 주었는데, 아이는 누나의 말도 듣지 않고 계속 차량을 쳤다. 결국 지치면 그만두겠지, 하는 생각으로 나는 방으로 들어갔다.

물놀이 후 심하게 배가 고팠던 우리는 옷만 갈아입고 바로 숯불을 요청했다. 숯불을 기다리며 나머지 재료들을 세팅하고 있는데 중에 스콜과 같은 소나기가 내렸다.

바비큐장 천장에는 비막이널이 있어 빗물이 들어오지 않아 다행이었지만, 비는 한동안 그치지 않았다. 하지만 우리는 아랑곳하지 않고 오히려 운치 있게 고기를 먹기 시작했다.

나는 그날 몸 상태가 너무 좋지 않아 제대로 먹질 못해 아쉬웠지만, 3박 4일간의 남은 기간 동안 먹으면 된다는 생각으로 물로 쓰린 속을 달래고 있었다. 그때 지혁이가 천막 아래에서 조금 떨어져 바람을 쐬고 있었는데 마당을 향해 소리쳤다.

"얘들아! 비 오는데 뭐 해? 얼른 들어가."

나와 성국이는 지혁이의 목소리를 들었고 뭐라는 거냐며, 지혁의 옆으로 갔다. 우리가 목격한 장면은 그저 아이들의 철없는 장면 같았다. 아까 차량을 치던 남동생이 마당에서 비를 맞으며 뛰어다니고 있었다. 누나는 보이지 않았는데 생각해보면 참 이상한 일이었다.

한밤중에 장대비 속에서 하늘을 보며 뛰어다니는 아이. 그냥 그러려니 하며 넘기기로 했고 마음껏 먹고 즐기던 중 비는 점점 그쳐갔다.

"아, 뭐야? 이제 시작인데 고기랑 술도 부족하네. 좀 넉넉히 사자니까. 술 안 마신 사람?"

"후우… 나…."

민기의 말에 부족한 음식을 사기 위해 나와 세훈이가 차를 타고 다녀오기로 했다. 귀찮았던 나는 차의 시동을 켰고, 구불구불한 길을 얼마나 내려갔을까? 칠흑 같던 어둠에 쌍라이트를 켜고 아주 천천히 길을 내려갔지만, 끝이 보이지 않았다.

그렇게 길을 내려가던 중 펑, 하는 소리와 함께 차가 크게 요동쳤다. 연이어 한 번의 펑, 소리가 더 들렸고 오른쪽 산비탈 길 아래로 꺾이는 차의 핸들을 온 힘을 다해 왼쪽으로 틀었다.

168

나와 세훈이는 가쁜 숨을 내쉬며 '뭐냐'라는 말만 나지막이 반복하며 외쳤다. 비상등을 켜고 차에서 내려 살펴보니 오른쪽 앞뒤 바퀴 모두 처참하게 바람이 빠지고 있었다.

뭘 밟아서 펑크가 난 건지, 휴대전화 손전등을 켜서 타이어를 살펴본 우리는 서로 마주 보고 아무 말도 하지 못했다. 타이어는 단순한 펑크 수준이 아니라 무언가에 의해 찢어진 듯 훼손되어 있었다.

의아했던 우리는 스키드 마크를 따라서 손전등을 비춰보았다. 스키드 자국이 생긴 최초 지점까지 아무런 흔적도 찾지 못했다. 너무 이상해서 차량에 설치된 블랙박스를 몇 번이나 재생했지만 거기에서도 갑자기 펑, 하는 소리와 끼익, 하는 소리 외에 도로에서 무엇인가를 발견할 순 없었다.

나는 덜컹거리며 차량을 갓길에 주차하고 삼각대를 설치한 후 마음을 다잡았다. 사고는 언제, 누구나 겪을 수 있는 일이지만 나와 세훈이 모두 최소한의 정비는 할 수 있는 사람들이었다. 그렇게 생각하고 있는데 갑자기 세훈이가 말을 꺼냈다.

"그냥 걸어서 내려가자."

평소 성격 같으면 나는 단번에 욕을 하고 거절했을 제안을 쉽게 받아들였고, 우리는 휴대전화 손전등에 의지한 채 길을 걸었다. 5분도 안 되는 사이 저수지가 하나 보였고, 그 길 건너편으로 카페가 보였다.

"커피나 한잔하고 가자."

나는 세훈의 제안을 쉽게 받아들였고, 그렇게 우리는 불빛이 켜진 카페로 들어갔다. 매장 마감 시간이었는지 카운터 쪽은 환했지만, 좌석 쪽은 대부분 불을 꺼둔 상황이었다. 카운터에는 높이가 낮은 마술사 모자를 쓰고 똑같이 생긴 30대로 보이는 여자 두 명이 있었다. 정말 똑같이 생겨서 계속 쳐다봤더니 시선을 의식했는지 여자가 말했다.

"아, 저희는 쌍둥이예요. 오늘 마지막 손님이시네요."

"아, 네. 저, 아이스 아메리카노 두 잔 주세요."

그렇게 주문하고 카드를 내밀었지만 포스기를 이미 껐다며, 현금 계산을 해주길 부탁했다. 수중에 현금이 있었던 나는 만 원짜리 지폐를 냈고, 커피를 기다리는 동안 우리가 겪은 이상한 일에 대해 이야기했다.

"지금 아래로 내려가시는 길인가요? 여기서 훨씬 더 내려가야 하는데…. 곧 남편이 데리러 오거든요. 남편에게 필요한 것을 사오라고 할 테니 그렇게 하실래요? 상황상 카드 계산은 어려워서… 현금이 좋을 거예요. 대신 숙소까지 저희가 데려다줄게요."

"아, 네! 그래 주시면 감사하죠."

우리는 인사하고 커피를 마시며 남편을 기다렸다. 10분 정도 지났을 무렵 남편의 차량 불빛이 보였다. 남편 혼자 올라올 것으로 예상했는데 동승객이 있었다.

이미 차량 앞 조수석에는 다른 여성이 타고 있었고, 뒷좌석 3자리만 남아있었다. 내 위치는 오른쪽 뒷좌석이었는데 세훈의 위치는 본인도 나도 아무리 생각하려 해도 기억나지 않았다.

"차체가 낮아서 비포장 숙소 입구 쪽으로 가기에는 무리니까 저기 앞에 있는 큰길에서 내려줄게요. 괜찮죠?"

"저희는 여기까지도 감사해요! 감사합니다."

우리는 연신 감사 인사를 했다. 그렇게 우리는 다시 숙소에 도착했고 다른 동기들에게 핀잔을 들었다.

"왜 이렇게 오래 걸렸어!"

"야! 너희들 차는 어디다 두고 걸어오냐?"

나와 세훈이는 우리가 겪은 일을 모두 이야기했고 다른 동기들은 그저 웃으며, 별일이라고 넘겼다. 그렇게 밤이 지나고 아침이 됐고, 비는 또 하늘이 무너지도록 내리고 있었다.

차량을 처리해야 한다는 생각에 새벽같이 일어난 나는, 진호와 차량 상태를 확인하러 갈 테니 나머지는 숙소 정리를 하라고 맡겨놓고 걸어 내려갔다.

출동 서비스를 부른 후 비를 뚫고 내려가서 다시 한번 타이어의 상태를 확인했다. 역시나 강제로 찢은 모양이었고, 블랙박스를 다시 봐도 별다른 게 없었다. 진호도 타이어를 보더니, 신기하다며 살펴봤다.

얼마 후 보험회사에서 수리 기사님이 도착했다. 바람은 당연히 채워지지 않았고, 기사님은 더 살펴보더니 이건 타이어를 교체해도 운행할 수 없다고 했다. 차의 상태는 우리가 생각했던 것보다 심각했다. 오른쪽 앞뒤 타이어 휠이 안에서 밖으로 서로 다르게 휜 상태였다.

우리가 사고지점에서 차량을 이동하기 위해 움직인 거리는 불과 3미터. 휠에 무리가 갈 순 있어도 심하게 훼손될 정도는 아니었다. 하지만 바퀴를 움직이게 하는 중심축이 안에서 밖으로 모두 휘어졌고, 이건 차량 하부의 안에서 밖으로 엄청난 힘으로 밀어내야 가능한 일이었다. 아무리 강한 힘이 있다고 한들 강철을 구부릴 힘은 없다. 우리는 기사님에게 블랙박스를 보여드렸고 어딘가 박아서 그랬을 것이라는 기사님은 말을 잃으셨다. 차량엔 기스 하나 없었고, 블랙박스에서도 찾을 수 없었기 때문이다. 그렇게 망연자실한 우리는 차량을 이동시킬 수 있는 큰 트럭을 불러 가평에서 렌터카 업체까지 이동해야 했다.

나는 트럭을 부르기 전 조금만 내려가면 카페가 있으니 들려서 커피를 사자고 했다. 아침에 일어나서 아무것도 마시지 않았던 터라 우리는 빗속을 걸었다. 걷고 또 걸어서 이 커브를 지나면 카페가 있어야 했다. 하지만 카페는 보이지 않았다. 오직 빗속에 저수지만 있었다.

"야, 카페가 어디에 있어?"

"어, 어? 조금만 더 내려가 보자."

당황한 나는 조금만 더 가보자고 했으나 이미 내가 기억하는 커브 길이 아니었고, 확실하게 저수지 반대편이었다. 어안이 벙벙해진 나는 미안하다며, 길을 착각한 것 같으니 다시 올라가자고 했다. 그렇게 차를 지나 숙소까지 올라갔고 시간은 이미 정오를 넘어가고 있었다.

외박인 동기들은 마음이 급해졌고 대형 트럭이 올 때까지 기다렸다. 트럭이 거의 다 왔다는 전화를 받은 우리는 모든 짐을 챙겨 내려갔고 두 명은 트럭에, 나머지는 스타렉스에 타고 이동했다. 내려가는 길에도 카페는 보이지 않았다. 세훈이에게 다시 물었을 때 확실히 저수지 반대편이었다고 했다. 거짓말쟁이가 된 것 같기도 하고, 기분이 좋지 않았던 나는 블랙박스를 다시 돌려보기 시작했다. 사고 직후 나와 세훈이는 길을 내려가고 있었다. 그리고 한참의 시간이 흐른 뒤, 우리는 터벅터벅 산길을 걸으며 올라가고 있었다. 나와 세훈이는 얼어붙을 수밖에 없었다.

우리는 분명히 카페 주인 남편의 차를 타고 가서 숙소에 내렸다. 하지만 블랙박스 속 우리는 봉지를 든 채 터벅터벅 걷고 있었다. 우리는 어디에서 커피와 먹을 걸 샀고, 누구와 대화를 했으며, 어떻게 그 길을 올라온 것이었을까?

우리가 겪은 이야기의 끝은 여기가 아니다.

휴가가 끝난 후 우리는 다시 모였다. 서로의 증언을 종합해본 결과 이상한 일은 더 있었다.

그날 저녁 비가 오던 마당에 개가 있었으며 개가 짖는 소리가 들렸다는 이야기. 숙소는 개를 못 볼 수가 없는 구조였다. 하물며 소리는 더더욱…. 아이들을 못 봤다는 동기, 여자아이만 못 봤다는 동기, 심지어 우리가 숙소에서 나온 1시까지 주인은 모습을 나타내지 않았다. 우리 모두 그날 밤, 과연 잘 잤던 것이었을까?

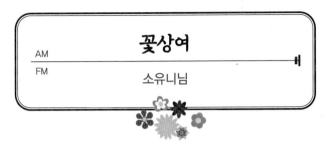

꽃상여

소유니님

외할머니께는 다복한 남매들이 있었다. 외증조할아버지께서 한의원을 하고 계셨기 때문에 집안에 식구가 많을 수밖에 없다고 하셨다.

좀 더 풀어보자면, 외할머니 위로 언니 한 분과 오빠 한 분 그리고 밑으로 동생들이 줄줄이 사탕이었다고 한다. 아마 전쟁통에 돌아가신 분들과 병으로 돌아가신 분들까지 합하면 좀 더 많을 것이다. 하지만 현재 살아계신 분은 두 분 정도다. 오늘 이야기의 주인공은 바로 남동생 중 한 분이다. 나한테는 둘째 할아버지고, 그분을 경태 할아버지라고 칭하겠다.

경태 할아버지는 해방둥이시다. 아주 어렸을 때 6.25 전쟁을 겪으셨다. 외증조부모님께서는 난리 통이라도 자손들은 공부해야 한다며 끝까지 공부 줄은 놓지 않게 하셨다.

일제 강점기를 겪으며 살아오는 동안 우리 국민이 마음 편히 배울 수 없는 것에 대해 안타까움이 크셨다고 했다. 못 배운 설움 때문에 나라의 힘이 약해지는 게 아닌가 하는 노파심이었다. 그래서 자손들의 학업에는 열정적이지 않았나 싶다.

그렇게 열과 성의를 다해 가르친 자손 중 경태 할아버지는 사업에 남다른 재능이 있으셨다고 한다. 눈이 일찍 트이셨던 것 같다.

무역 회사를 작게 시작해서 중소기업으로 만들었는데 슬럼프 없이 중간 과정을 훅, 치고 넘어선 케이스였다고 한다. 말이 중소기업이지 그 당시에는 꽤 선방하신 듯했다.

외할머니의 말씀에 의하면 경태 할아버지의 손은 황금알을 낳는 미다스의 손이라고 한다. 하는 일마다 손대는 사업마다 승승장구했다고 했다. 돈을 얼마나 많이 벌었는지, 외국 출장이라도 다녀오신 날엔 양손 가득 선물 보따리가 넘치다 못해 길바닥에 흘릴 정도라고 하셨다.

뭐 하나 나무랄 데 없이 완벽한 양반이었으나 문제가 하나 있었다.

바로 여자.

여자가 오려고 하면 경태 할아버지는 돈줄이 끊어지고, 건강하시던 분이 열이 차올라 숨구멍이 막힐 정도로 아프기까지 했다고 한다. 그야말로 여자랑은 상극인 거였다.

이런 답답한 상황이 걱정이던 외증조할머니께선 도저히 안 되겠다는 생각이 드셨는지 방법을 찾기 시작하셨다.

알음알음해서 무속인을 찾기로 했고, 산속 이리저리 헤매다 겨우 용한 무속인을 찾을 수 있었다. 외증조할머니께서 문밖에서 서성이자 그 기척을 느낀 무속인은 방문을 거칠게 열어젖혔다.

"여긴 왜 오셨습니까? 어차피 연은 없습니다. 그 성한 목숨 다 할 때까지 연은 없다고요.

지금의 타고난 복으로 연과 맞바꾼 거로 생각하십시오. 억지로 연을 잇다간 아드님 목숨은 용왕님께 바쳐야 할 겁니다. 갈기갈기 찢긴 채로 말입니다. 그러니 괜한 일 만들지 마시지요."

거침없이 흘러나오는 무속인의 말을 들은 외증조할머니께서는 순간 기가 빨려 들어가는 느낌이 들었다고 한다. 외증조할머니는 무속인을 향해 무릎을 꿇고 뭐든 다 할 테니 평안히 가정을 꾸릴 수만 있게 해달라고 하셨다.

그러자 무속인은 당치도 않은 소리 말라며, 그냥 돌아가라고 하더니 방문을 쌩하니 닫더란다. 하지만 외증조할머니께서는 무작정 포기할 수 없어서 방문을 두드려대며 뭐라도 할 수 있는 건다 하겠다고 하셨다.

무속인은 질긴 외증조할머니의 고집에 다시 문을 열고 한참을 생각하더니 차갑게 말을 이어 나갔다.

"정말 뭐든 다 할 수 있습니까? 그게 살기를 부려야 할 일이어도 하겠냐 이 말입니다."

"네? 살기를 부려야 한다고요? 그 무슨 크… 큰일 날 말씀을 던지시는 겁니까? 그 정도로 제 아들의 사주가 엉망입니까? 구정물 같은 사주인가요?"

외증조할머니께서는 무속인의 칼날 머금은 듯한 말에 두려운 상태였다. 하지만 자식을 구제해야겠기에 내용을 좀 더 들어야겠다고 생각하셨고, 무속인 앞으로 바짝 다가가 앉으며 다시 물으셨다.

"요점만 얘기합시다. 대체 뭘 어찌해야 한단 말입니까?"

"흠… 잘 들으셔야 합니다. 달이 차오르기 전까지 빈 상여를 준비하십시오. 그리고 아드님을 대신할 사주단자를 그 상여 속에 넣은 뒤 달이 꽉 찬 보름에 그 상여를 태우는 겁니다. 이는 아드님이 태어난 달에 행하셔야 합니다. 기준은 음력입니다. 할 수 있겠습니까?"

무속인은 당찬 모습으로 낮고 굵직한 목소리를 더해 으름장을 놓으며 말했다. 섬뜩하고 낮게 움츠린 자세로 말이다. 외증조할머니는 아들을 살리자고 남의 귀한 손에 험한 짓을 해야 한다는 건 금기를 어기는 짓인 것 같아 다시 뒤로 물러나 앉으셨다.

그러자 그걸 본 무속인이 한마디 툭 던졌다.

"자신 없으면 안 하셔도 됩니다. 그냥 평생 혼자 살면 되지요. 여럿 죽일 생각일랑 마시고 그저 지금 가진 복들로 천수를 누리게 하시지요."

외증조할머니는 남에게 해를 가하면서까지 결혼시킬 필요가 있겠냐고 생각하셨다고 했다. 하지만 그 당시 사회 풍조가 결혼을 안 하면 어디 하자가 있는 게 아니냐고 했고, 잘사는 집은 이 시선이 따갑다 못해 두려울 때였다.

잠깐의 갈등 속에 주저하는 모습을 답답해하던 무속인은 못 들은 걸로 하라며, 외증조할머니께 그만 돌아가시라고 했다. 외증조할머니께서도 좀 더 생각해보겠다고 하고 그길로 집으로 돌아오셨다.

그 후 외증조할머니가 매일 안절부절못하자 외증조할아버지께서 무슨 일인지 물어보셨다. 외증조할머니께서는 이래저래 아들의 상황을 설명했고 외증조할아버지는 버럭, 소리를 지르셨다.

"아니, 그럼 여태 이러고 가만히 있었단 말이야? 아들놈 장가는 보내야지! 시답지 않은 소리긴 하지만 안 들으니만 못하니 어디서 빈 상여를 구해보는 게 어떻겠는가? 뭐든 해봐야지."

"그래도…. 남의 집 귀한 자식을 어찌 이용한단 말입니까? 그냥 둡시다, 여보. 그 애 장가 못 간다고 사는 데는 지장 없다잖소. 나는 도저히 못 하겠습니다. 그냥 저리 살도록 둡시다."

이 얘길 들으신 외증조할아버지께서는 그건 있을 수 없는 일이라며 노발대발하셨다고 한다. 하지만 외증조할머니의 고집도 보통은 아니어서 못 하시겠다고 바닥에 드러누우셨다.

그렇게 며칠 동안 서로 고집을 굽히지 않으셨고, 뜻하지 않은 문제가 생겼다고 한다. 마침 외증조부모님 댁에 마실을 온 옆집 할머니가 우연히 이 이야기를 엿듣게 되었다. 그 집에도 장가를 못 간 아들이 있었다. 옆집 할머니는 당장 상여 제작소를 수소문했고, 동네에서 구걸하며 다니는 비렁뱅이 청년에게 얼마간의 돈을 주고 사주를 사 오게 되었다.

그리고 모든 합을 맞춰 아들의 생일이 있는 달에 정말 무속인이 말한 그 일을 행하게 되었다. 신기하게도 그다음 달, 아름다운 여인을 만나 요란한 결혼식을 치렀다.

하지만 그 비렁뱅이 청년은 그대로 찬 바닥에서 객사하게 되었다. 뒤늦게야 이 청년의 소식을 들은 동네 사람들이 혀를 차며 안쓰러워했지만, 누구도 신경 쓰지 않았다. 심지어 사주를 사서 간 옆집 할머니도 말이다.

하지만 죽은 청년은 옆집 할머니의 꿈에 나타나 온몸에 돌덩이를 안은 채 중얼댔다.

[나를 이렇게 보냈다 이거냐? 그럼 너희 집안 씨를 말려주마. 기대해라! 잘근잘근 씹어줄 테니.]

옆집 할머니는 매일 두려움에 떨며 지내셨고, 어디다 말도 못하고 혼자 끙끙 앓았다. 한동안 집안에 아무 일도 일어나지 않았으나 어느 시점이 되니 한 명, 두 명 차례차례 청년은 자기와 똑같은 모습으로 죽게 했고, 그 집안을 망하게 했다.

이 모습을 지켜본 외증조할머니는 가슴을 쓸어내리셨다. 그렇게 하지 않은 걸 천만다행이라 생각하시며 외증조할아버지께 한마디 하셨다.

"여보, 우리 그 살기 안 하길 잘했네요. 했으면 우리 집도 큰일 날 뻔했잖소. 내 말 듣길 잘했지요?"

외증조할아버지는 그래도 자존심이 있으셔서인지 콧바람 뺄으며 반만 인정하시더란다.

"당신만 그런 생각한 줄 알아? 나도 안 하려고 했다고! 왠지 찜찜하더니만. 그거 함부로 해선 안 될 행동이구먼."

이렇게 어르신들끼리 서로 아웅다웅하며 지내는 동안 경태 할아버지는 더더욱 사업이 잘됐다. 그리고 사업 번창에 외증조부모님께서도 장가보낼 마음은 쏙 들어간 상태로 지내셨다.

　그러던 어느 날이었다. 경태 할아버지가 뜻하지 않게 여자를 데리고 집에 오셨다. 가족 모두 두 눈이 동그래져서 이상하다고 생각했다.

　하지만 신기하게도 사업은 더 잘되고 경태 할아버지 몸도 성하고 더할 나위 없이 좋은 상태였다. 외증조부모님은 그제야 무속인 말이 미신이었다며, 마냥 좋아하셨고 그 흔한 궁합도 안 보셨다.

　어찌 됐던 외증조부모님은 당장 날을 잡자고 하셨고 연신 친지, 친구, 이웃 할 것 없이 아들 장가보내게 됐다며 소문을 냈다. 그렇게 양가 상견례를 하고 서로 합의로 날을 잡게 되었다. 한 가지 특이한 점이 있다면 예식을 절에서 하기로 한 것이었다. 이는 신부 측에서 원하는 것이었고, 이유는 묻지 않았다. 느낌상 신부 측에서 사주 궁합을 보고 경태 할아버지를 생각해서 한 행동 같았기 때문이다.

　외증조부모님께서는 혼사라는 행사를 절에서 하면 안 된다는 걸 들은 적이 있어 찜찜했지만 이런 기회를 놓칠 수 없었다. 그래서 결국 진행했고, 결혼식 날 그 절 주지 스님이 주례를 진행하게 되었다.

그런데 쨍쨍했던 기류는 온데간데없고 갑자기 먹구름이 몰려오더니 한바탕 빗줄기를 퍼부었다. 날씨가 엉망이 되자 더 이상 식을 진행할 수 없었고, 법당 안에 모여 사진만 간신히 찍는 정도로 결혼식은 마무리되었다.

그렇게 경태 할아버지는 우여곡절의 결혼식을 치르고 목 좋은 곳에 집을 지어 재밌게 알콩달콩 예쁜 아이도 낳고 무탈하게 살고 있었다.

그러던 어느 날, 갑자기 경태 할아버지의 몸이 망가지기 시작했다. 그 집안은 대대로 90세, 100세를 넘기는 어른들이 많았던 집이었으나 술, 담배도 하지 않는 경태 할아버지의 장기에 문제가 생긴 것이다. 정확하게 말하자면 폐가 근원지가 되어 온몸에 암이 전이됐다고 했다. 그렇게 경태 할아버지는 시름시름 앓다가 30대 중반에 짧은 생을 마감하게 되었다.

그제야 외증조할아버지께서는 아들 장가보내기 전에 뭐라도 해야 했다며 땅바닥을 치셨다. 울며불며 생때같은 자식을 먼저 보냈다고 그 어느 때보다 슬퍼하셨는데 외증조할머니는 오히려 침착함을 보이며 아들 가는 길에 초라하지 않도록 꽃상여를 주문하셨다. 최고로 화려하게 말이다.

경태 할아버지의 갑작스러운 죽음으로 인해 주변에서는 며느리에게 손가락질했다. 그 모습을 보신 외증조할머니께서는 눈치를 채시곤 며느리에게 방에 들어가 있으라고 하셨다. 장례를 치를 동안 사람들에게 욕먹지 말라며 방어해주신 것이었다. 장례는 어수선한 분위기에서 치러졌는데, 등도 달고 음식도 만들고 향도 피우며 끊임없이 오는 조문객들로 인해 사람들은 더 분주해졌다.

그렇게 순식간에 시간이 흘렀고 발인일이 되었다. 이른 새벽부터 20여 명의 상두꾼이 예쁜 꽃상여를 메고 외증조부모님 댁에 왔다. 그리고 그 상여 속에 관을 옮긴 후 집에서 가까운 선산으로 이동하기 시작했고, 가족들이 그 뒤를 따르게 되었다.

그러자 결혼식 때처럼 또다시 하늘에 먹구름이 잔뜩 몰려오더니 비가 내렸고, 선두에 선 상두꾼이 선창하고 남은 상두꾼들이 후창했다.

"이제 가면 언제 오나."

"어야! 어야!"

"가네~ 가네~ 나는 가네."

"어야! 어야!"

뒤따르는 사람들은 울고, 선창과 후창이 반복적으로 이어지더니 어느새 선산에 다다르게 되었다. 그곳은 언덕 쪽이라 비도 내리고 땅도 질퍽해서 상두꾼들이 상여를 멘 채 오르기가 쉽지 않았다. 계속 오르는 데 실패하자 상두꾼 중 한 명이 갑자기 하지 말아야 할 말을 하고 말았다.

"허 참! 상여가 왜 이리 무거운 거야? 힘들어 죽겠네! 이거 오늘 땅속에 묻을 수 있으려나?"

그러자 상여가 마치 상두꾼의 얘길 들었다는 듯 그 자리에서 멈추더니 움쩍달싹하지 않더란다. 20여 명이 메고 있는 상여인데, 그게 사람들을 움직이지 못하게 했고 그 광경을 본 외증조할아버지께선 진노하셔서 그 말을 한 상두꾼을 향해 엄청나게 화를 내셨다.

"하필! 그리 말하면 우리 아들이 이승을 못 떠난다는 거 아는가, 모르는가? 상두꾼 하루 이틀 하는 것도 아닐 텐데 왜 쓸데없는 말을 지껄이는가? 내 아들이 한이 맺혀 못 간단 말일세. 이승을 못 떠나면 자네가 책임질 건가? 책임질 거냔 말일세!"

목청이 오른 소리에 연배가 좀 있는 선두 상두꾼이 머리를 조아리며 깊이 사죄하고 나서야 외증조할아버지는 화를 누그러뜨리셨다고 한다. 그 상황에서 여전히 상여는 움직이지 못하고 있었는데 이번엔 외증조할머니께서 상여 앞머리로 가서 정중히 한마디 하셨다.

"이보시게, 아드님! 이만 이승의 끈을 놓으시게! 자네 처와 아들들은 우리가 살뜰히 보살필 테니 이승일랑 걱정하지 마시고 편히 저승길로 가시게나! 갈 길 바쁘지 않겠나? 어서어서 사자님 따라 조심히 가시게!"

이때 기이한 일이 생겼다.

상여가 가벼워졌고 상두꾼들도 슬슬 움직이기 시작한 것이었다. 다른 가족들은 이 광경을 보자, '아이고! 아이고!'를 외치며 놀랐다. 선산으로 한 걸음 한 걸음 발맞춰 올라가는 동안 벼락같이 쏟아지던 빗줄기도 멈췄고, 그 순간 산 너머로 무지개가 떠올랐다.

우여곡절 끝에 선산에 오르자 다행히 땅은 말라 있었고 그제야 상두꾼들과 다른 동네 분들이 관이 들어갈 자리를 만들어 주었다.

평안히 안착하고 어렵게 자리를 찾아간 그날, 외증조할머니 꿈에 경태 할아버지가 나타났다. 말끔히 차려입은 모습으로 큰절을 올렸는데 평안해 보이는 그 모습에 안심이 되었다고 하셨다.

그 후론 약속대로 며느리도 아이들도 잘 건사하셔서 지금은 그 자손들이 열심히 잘 살고 계신다. 가끔 우리 외가에도 오시는데 경태 할아버지를 닮아서인지 항상 양손 가득 선물을 들고 오신다.

다시는 가고 싶지 않은 집

AM

FM

달보드레님

대학생으로서 첫 번째 여름방학을 하루하루 무료하게 보내고 있을 때였다.

당시에 아빠 혼자 조부모님을 모시고 계셨는데 그 시기 즈음 두 분이 병원에 입원하게 되어 아빠 혼자 집을 보고 계신다고 했다. 마침 혼자 시간을 보내고 싶기도 했고, 오랜만에 아빠 얼굴도 볼 겸 그 즉시 짐을 챙겨 아빠가 계신 문제의 그 집으로 향했다.

이 집은 시골에서 사시던 조부모님이 편리하게 병원에 다니시기 위해 도시로 이사오게 된 집이었다. 그런데 나는 처음 이사오던 날부터 이 집이 마음에 들지 않았다. 집 내부는 깔끔하고 공간 활용도 나쁘지 않은 곳이었지만 왠지 모르게 마음이 불편하고 안절부절못했으며 얼른 집 밖으로 나가고 싶다는 기분이 들었기 때문이었다. 그래서 그 집에 혼자 방문한 것도 이때가 처음이었다.

방학 동안 마침 할 일도 없고 놀러 가볼까 하는 마음이 앞서 그런 부분들을 크게 생각하지 않고 나섰던 게 문제였던 것 같다. 현관문을 열고 들어선 순간부터 느껴지는 싸한 기분.

'괜히 혼자 왔나… 동생이라도 꼬셔서 같이 올 걸.'

잠시 그런 생각이 들긴 했지만 혼자 자유를 만끽해보자는 마음에, 데려온 강아지 콩이도 있으니 괜찮을 거라고 스스로를 안심시키며 가장 먼저 티브이를 켰다. 티브이에서 흘러나오는 소리에 조금은 안심이 되어 콩이와 거실 소파에 앉아 아빠가 돌아오시기를 기다렸다.

아빠가 집에 돌아오시면 맛있는 걸 사달라고 해야지, 생각하며 놀고 있는데, 퇴근이 평소보다 좀 늦어질 것 같으니 먼저 저녁을 먹으라는 연락이 왔다. 아빠가 오시려면 최소 2시간이 넘게 걸릴 것 같아서 간단하게라도 뭔가 먹을까 싶어 주방으로 향했다.

지금까지 아무 일도 없었으니 괜찮을 거라고 생각하고 주방을 뒤지고 있는데 무언가 인기척이 느껴져 뒤를 돌아보니 주방과 마주 보고 있는 안방 문이 열려 있었다. 조명으로 환한 주방과는 대비되는 암흑으로 덮여 있는 방. 어둠으로 인해 아무것도 보이지 않아야 할 방 안이 오히려 더 잘 보이는 것이 불안함과 초조한 마음을 더욱 고조시켰다.

잊고 있던 생각에 한 번 불을 지피고 나니 처음보다 더 빠르게 공포가 내 온몸을 휘감기 시작해 모르는 척, 안 보이는 척해도 나는 계속 열려 있는 문틈을 의식하고 있었다. 주방을 뒤져보니 컵라면이 나왔고 이 정도면 적당히 배를 채울 수 있을 것 같아 후다닥 물을 끓여 붓고 안방 쪽을 보지 않으려 애를 쓰며 빠른 걸음으로 거실로 왔다.

하지만 최대한 보지 않으려고 고개를 정면을 응시하며 지나왔는데도 눈에 걸리는 한 가지 실루엣이 있었다. 안방에 놓여있는 커다란 침대 그리고 그 끝에 걸터앉아 있는 누군가….

컵라면을 먹는 둥 마는 둥, 아무것도 못 본 척 그들이 나를 보고 있다면 내가 그들을 눈치채지 못한 척해야 한다고 생각했다. 굳은 얼굴로 예능 프로를 눈을 떼지 않고 응시하며 마음속으로 아무 일도 없는 듯 행동하니 스스로 최면이 걸리는 듯했다. 그러니 정말 용기가 생긴 것인지 호기심이었는지 모르겠다.

'근데… 정말 저게 귀신일까? 내가 잘못 본 것일 수도 있는데 한 번 확인해볼까?'

이 망할 놈의 호기심.

나는 내가 본 걸 제대로 확인하고 싶은 마음이 솟구쳐 거의 먹지도 않은 컵라면을 들고 다시 주방에 가보기로 했다. 그때의 나는 귀신을 봐도 못 본 척, 못 들은 척하는 행동이 귀신들이 나에게 해코지하지 못하도록 하는 나름의 방법이었던 것 같다. 그렇게 슬쩍 안방 안을 들여다볼 계획이었고, 살금살금 안방 앞으로 지나가는 순간 고개를 그쪽으로 돌렸다. 그 순간에 본 것은 확실히 어떤 여자였다. 하얀 원피스 같은 것을 입은 여자. 아무도 없어야 할 방 안에는 여자가 침대 끝에 걸터앉아 반대편 벽을 무엇인가 허망한 듯 멍하니 바라보고 있는 것이 보였다. 나는 컵라면 용기를 싱크대에 던지듯 내팽개치고 빠른 속도로 안방 문을 닫아버린 후 바로 거실 소파 위에 발을 올리고 앉아 콩이를 끌어안았다.

'내가 지금 뭘 본 거지. 아니, 그보다… 문을 닫는 순간 그 여자가 살짝 뒤를 돌아보는 것 같았던 것은 기분 탓일까?'

문을 닫고 온 순간부터 콩이가 안방을 향해 눈을 떼지 않고 작은 소리로 짧게 으르렁거리고 있었다. 그런 모습을 보니 공포감이 점점 더 커져 티브이 볼륨을 키우고 바로 아빠한테 전화했다.

"아빠! 어디쯤이야? 나 혼자 있으니까 좀 무서운데 배도 고프고…."

[어~ 이제 전철 갈아타서 빠르면 한 40분에서 50분 정도 더

걸릴 것 같은데, 무슨 일 있어?]

"아… 아니야. 아무 일도 없어. 그냥 혼자 있으니까 괜히 무서워서… 콩이도 아빠 보고 싶대. 얼른 와."

[응. 알겠어. 배고프면 뭐라도 먹고 있어. 먹고 싶은 것 있으면 시켜 먹고… 집에 가서 돈 줄게.]

차마 아까 본 여자가 내 말을 들을까 봐 귀신을 봤다고 말할 수는 없었다. 그래서 배고프다는 핑계를 대며 얼른 집에 들어오라며, 아빠에게 보챘던 것 같다.

'지금부터 딱 40분만 참자.'

그렇게 생각하고 찝찝한 기분을 떨쳐내기 위해 핸드폰 게임을 하고 있는데 내 손이 닿지도 않을 거리에 놓여있던 두루마리 휴지가 바닥으로 툭 떨어졌다. 콩이도 내 무릎에 있었고 반동으로 떨어질 그럴 상황도 아니었는데 말이다. 휴지가 떨어지는 소리에 놀라 굳은 상태로 떨어진 휴지가 굴러가는 것을 멍하니 쳐다보는 그 순간 휴지가 굴러가다 멈춘 자리, 주방과 안방 사이의 복도 바닥에서 머리가 쑤욱, 올라오더니 마치 엘리베이터를 타고 올라가듯 그대로 천장으로 사라져버리는 귀신을 보고야 말았다.

나에게 눈을 떼지 않은 채 입이 찢어질 듯 웃으며 머리를 길게 늘어뜨린, 하얀 옷을 입은 여자 귀신. 그것과 정면으로 마주

해버렸던 그 순간을 아직도 잊을 수 없다. 소름 돋게 웃는 그 얼굴을 말이다.

당시엔 그런 생각을 해보지 못했는데 이렇게 사연을 쓰다 보니 그 귀신이 안방에서 본 그 귀신이고 내가 모르는 척하는 모습이 우스워 나를 괴롭히고 싶어 그런 모습을 보여준 게 아닐까 하는 생각이 들었다. 옷차림이라든가 외형이 비슷했기 때문에 더 그런 생각이 들었던 것 같다.

참 이상한 것은 그 안방이 낮에 들어가도 꺼림칙한 공간이라 내가 그 집에 도착하면 제일 먼저 하는 일이 방에 할머니가 계시면 아주 살짝, 아무도 없을 땐 아예 문을 닫는 것이었다. 뭔가 나쁜 기운이 그 안방에서 흘러나오는 기분이라서 말이다. 할머니께서 그 방에서 생활하셨는데 매번 이상한 소리를 자주 하셨기 때문이었다.

"어멈아, 방에 손님 왔다. 밥상 좀 차려라."

"네? 손님이 어디 왔어요? 어머님. 아무도 안 왔어요."

"창문으로 들어왔어. 여기 천장에 기어들어 오잖냐. 저기 애들도 있는데 아이들 밥도 좀 주고."

내가 절대 그 방문을 열어 뒀을 리 없는데 그 시간, 그 방문이 사람 한 명 지나갈 수 있는 넓이로 열려 있었다는 것은 아무리 생각해도 소름이 돋는다.

다행히도 그 귀신이 사라지고 얼마 안 돼 아빠가 집에 오신 덕분에 더 이상 아무 일도 일어나지 않았지만, 그날은 이불을 푹 뒤집어쓰고 공포에 떨며 잠이 들었던 기억이 난다. 잊히지 않던 그 귀신의 얼굴을 되새기면서 말이다.

약 1년 후.

내가 아주 어릴 때부터 당뇨와 치매로 몸이 불편하셨던 할머니는 응급실에 자주 입원하셨는데 그날도 할머니가 입원하셨던 날이었다.

할아버지도 약간의 치매가 있어서 집에 혼자 계시면 위험했기에 다른 가족들이 응급실에 가 있는 동안 하룻밤 할아버지를 모시기 위해 찾아갔던 날이었다. 이번에는 혼자가 아니어서 저번처럼 싸한 기분을 크게 느끼지 않았다. 안방에는 할아버지가 계셨고, 나는 그때의 일이 생각나 엄마 옆에 꼭 붙어있어 크게 느끼지 못했던 것일지도 모르겠다.

그날 밤, 방 안은 답답해서 거실에서 잠을 청하기로 하고, 거실에 이불을 펴고 엄마와 둘이 짧은 수다를 떨다가 잠을 청했다. 그렇게 한창 잠을 자고 있는데 어디선가 인기척이 느껴졌다.

잠자리가 조금 예민한 나는 평소에 자던 곳이 아니라서 그런지 몸을 뒤척이고 있었다. 순간 들리는 발소리. 맨발로 약간 습기가 찬 상태로 방바닥을 걸으면 나는 소리였다.

터벅터벅 발소리는 현관에서부터 안방을 향해 걸어가고 있었다. 그 소리가 안방 문 앞에 멈춘 순간 걸어 온 방향으로 어린아이들이 후다닥 뛰어다니는 소리가 들림과 동시에 나는 기절하듯 잠에 빠져버렸다.

정신을 차려 보니 아침 9시였고, 엄마가 차려놓은 아침 식사를 다 드신 할아버지께서는 이미 안방에 들어가신 후였다. 엄마는 이제 막 일어난 나를 보고 말씀하셨다.

"일어났어? 우리도 아침 먹을까?"

엄마의 그 한마디에 전날 밤 들은 발소리들은 그저 꿈이겠거니, 안심이 되었다. 이때쯤 나는 워낙 가위에도 잘 눌리고, 애증의 아이 귀신에게 시달리던 때와 비슷해 그냥 그렇게 넘어가기로 했다.

아침 식사 후 엄마는 피곤하다며 조금 더 주무시겠다고 방 안으로 들어가셨고, 나는 거실에 누워 티브이에서 방영 중이던 해리포터 시리즈를 보고 있었다. 몇 번을 반복해서 봤던 편이라 오래 집중하지 못하고 소리만 들으면서 핸드폰 게임을 하고 있는데 갑자기 어디선가 흐느끼는 소리가 어렴풋이 들려왔다. 처음엔 내가 잘못 들었나 싶어 다시 게임에 집중하려고 했다.

[으흑… 흑… 흐윽…]

흐느끼는 소리가 계속되자 티브이 소리를 듣고 있던 내 귀는 어느새 그 울음소리의 출처를 쫓고 있었다. 그 소리는 엄마가 낮잠을 주무시러 들어간 방 안에서 들리고 있었다.

평소에 부모님들이 사이가 좋지 않았기에 혹시 또 최근에 싸우셨나 하는 생각에 하고 있던 게임을 멈추고 울음소리에 집중했다. 늘 단단한 것처럼 보이는 부모님이 우는 소리에 나 역시 마음이 철렁했고, 무엇보다 사랑하는 엄마가 이렇게 서럽게 울고 계시니 마음이 편치 않았다.

'나랑 할아버지 때문에 숨죽여 울고 계시는 건가…'

흐느끼는 울음소리는 점점 더 고조되었고 그냥 듣고만 있으면 안 될 것 같다는 생각이 들었다. 옆에서 위로라도 해드리자는 생각이 들자 바로 게임을 끄고 조심스레 엄마가 계신 방 앞으로 다가갔다. 괜히 엄마가 울고 있는 걸 눈치채서 방 앞까지 온 걸 알아차리면 서로 민망해질 것 같아 더 조심스럽게 다가갔던 것 같다. 방문 앞에 서니 확실히 엄마가 흐느끼고 있는 소리가 잘 들렸다.

'우리 엄마 너무 안쓰러워…'

'울고 싶을 땐 눈치보지 마시고 마음껏 우세요!' 하고 나름의 든든한 지원군 위로 멘트를 장착하고 문고리를 살짝 돌려 방문을 열었다.

"엄마 울… 응?"

우냐고 물어보는 말을 꺼내기도 전에 내 온몸은 얼어붙고 말았다. 엄마는 울고 계시지 않았다. 내가 방에 들어오는 것을 눈치채고 눈물을 멈춘 것도 아니었다. 엄마는 너무나도 곤히 주무시고 계셨다. 그 짧은 순간 정말 수많은 생각이 스쳐 갔다.

'내가 방금까지 들은 그 울음소리는 뭐야? 도대체… 아, 귀신이다!'

정신을 차리고 보니 나를 이 방까지 끌고 온 그 울음소리는 더 이상 들리지 않았다. 나는 다시 방문을 닫고 거실 소파로 돌아와 아무 말 없이 티브이 볼륨을 올렸다. 그 당시 여자 목소리로 흐느끼는 소리를 낼 수 있던 사람은 나와 엄마 단둘뿐인데 그럼 그 소리는 도대체 누가 낸 것이었을까?

오후가 되니 아빠, 고모도 집으로 돌아오시고 엄마도 일어나셔서 다 같이 거실에 모여 할머니의 상태에 관해 이야기하고 있었다. 그렇게 이야기하다 보니 사적인 이야기를 꺼내며 수다 삼매경에 빠져있을 때쯤 식구들에게 전날 밤과 그날 아침에 들었던 발소리와 울음소리에 대해 말씀드렸다. 이야기를 한참 듣던 고모가 하신 말씀을 듣고 나니 더 이상 그 집이 사람이 사는 집처럼 느껴지지 않았다.

"너도 그런 소리를 들었어? 나도 가끔 답답하면 거실에서 잠을 자는데 종종 맨발로 누가 거실을 돌아다니는 소리를 들어. 그래서 나는 우리 둘째 딸이 물 마시러 나오는 줄 알고 쳐다보면 아무도 없고. 그런 일이 한두 번이 아니야.

그리고 또 그 울음소리. 나는 너처럼 흐느끼는 소리 말고 다른 소리를 들었어. 어느 날 둘째 딸은 씻고 나는 어머니, 아버지 식사 준비를 하고 있는데 갑자기 어디서 자지러지도록 서럽게 우는 소리가 들리는 거야. 거의 뭐 비명을 지르듯이…. 난 그래서 둘째가 씻다가 무슨 일이 난 줄 알고 얼른 화장실로 갔지. 무슨 일 있냐고 물어봤더니 물소리 때문에 못 들었다는 대답이 들리더라고.

그래서 다 씻고 나와서 화장실에서 울었냐고 다시 물어보니까 자기는 운 적이 없대. 생각해보니 그렇게 실신하듯 자지러지게 울던 애가 너무 멀쩡하게 나오는 것도 이상하다고 생각했지. 그래서 그게 귀신이 우는 소리구나 했어."

고모가 들으셨다던 울음소리와 내가 들었던 여자의 울음소리가 같은 소리인지 확인할 수는 없지만 확실한 것은 '젊은 여자의 울음소리'였다는 것이다.

그 일이 있고 얼마 후, 다시 할머니의 상태를 확인하러 모인 자리에서 고모가 스님께 들은 거라며, 해주신 이야기가 있었다.

나와 동생의 이름을 지어주시고 고모와도 오랜 인연을 맺고 계신 스님에게 고모와 내가 겪은 일에 대해 여쭤봤던 모양이다.

"앞으로 어머니나 아버지가 돌아가시기 전까진 보드레는 혼자 이 집에 오게 하지 마. 죽은 사람의 울음소리가 들리는 게 정말 안 좋은 거라고 하셨어. 죽은 사람 울음소리가 그 집안에 누가 쓰러지거나 죽거나 하는 안 좋은 일이 생긴다는 건데 몸이 불편하신 어머니가 돌아가시면 차라리 그나마 낫지.

근데 그게 아니면 집안에 젊은 사람이 줄줄이 죽어 나간다는데 그 소리를 보드레가 들었잖아. 그러니까 보드레는 혼자 이 집에 오지 마라. 오게 되더라도 꼭 누굴 동행해서 와야 한대. 스님께서."

워낙 어릴 때부터 이런 귀신과 관련된 일이 많았던 탓인지 평소 웬만한 일로는 절대 동요하지 않는 부모님도 이러한 일과 관련된 것은 무조건 믿어주신 덕분에 나는 더 이상 그 집에 혼자 방문하는 일은 없게 되었다. 아마 고모와 내가 경험한 것이 유사한 덕분인 것 같았다.

그렇게 시간이 흘러 할머니, 할아버지 두 분 모두 돌아가시고 그 집도 매매로 다른 사람에게 넘어가 앞으로 다시는 갈 일이 없게 되었지만 할머니가 돌아가시고 그 집과 가까운 곳에서 장례를 치르게 되어 자주 왔다 갔다 할 일이 생겼었다. 그때 그 집 바로 아래층에 있던 무당집을 그제야 발견하게 되었다. 그 순간 왜 내가 유난히도 이 집에서 귀신을 많이 보고 접했는지에 대한 의문이 풀리는 것 같았다.

그리고 추가로 알게 된 사실 하나가 이 모든 사실을 납득할 수 있게 해주었다. 나는 귀문이라는 것이 열려 있는데 이런 사람들은 되도록 귀신과 관련된 일은 접촉하지 않는 것이 좋다고 한다.

귀문이란 음양오행설에서 귀신이 출입하는 문이라는 뜻인데 귀문이 열린 사람일수록 귀신이 드나들기 쉬워 이를 통해 귀신을 보기도 하고, 듣기도 하며, 또 아무 곳에서나 사주를 보면 무당이 될 팔자라는 소리를 듣는다고 했다. 나 역시 엄마가 나 대신 본 사주에 의하면 자칫하면 무당을 하라는 소리를 들을 수 있으니 함부로 사주를 보러 다니지 말라고 했다고 한다.

이러한 이야기로 미뤄보았을 때, 마침 어릴 때부터 귀문이 열려 있던 내가 공포 만화나 괴담, 소설 등을 좋아해 온갖 귀신 이야기를 찾아 읽으며 귀신들을 끌어모았고, 할머니의 칠순 잔치 이후 너무 일찍 병으로 돌아가셨던 작은 고모의 외로움과 분노 등 모든 것들이 들어맞아 내가 여태껏 귀신을 보고 듣고 느낄 수 있었던 것이다.

지금은 돌아가신 할머니께서 이 모든 것을 품어주신 덕분에 더는 그때만큼 느낄 수 없게 되었지만, 최근에도 종종 귀신의 모습을 보곤 한다. 전에 다니던 직장에서도 한두 번 귀신을 목격한 적이 있었고, 집에서도 동생의 뒤를 지나가던 귀신을 본 적이 있었는데 그때마다 일할 때 즐겨 듣는 '공포라디오'를 며칠 끊기도 했다.

지금은 다니던 직장을 그만두고 백수 생활 4개월 차에 접어드는데 그때보다 '공포라디오'를 듣는 횟수가 줄어드니 또다시 잠잠해졌다. 혹시 너무 무서운 것만 찾아봐서 사실이 아닌 것을 사실처럼 느끼는 게 아니냐고 생각하는 분들도 있겠지만, 워낙 이러한 일들을 오래 겪다 보니 이게 기분 탓인지 정말 귀신을 만났을 때인지에 대한 차이가 다르다는 정도는 알고 있기 때문에 단순히 내 착각은 아닐 거라고 생각한다.

혹시 내 이야기를 들으며 나도 이런 적 있는데, 하는 분들도 귀문이 열려 있을 수 있다. 귀신이 보이는 게 특별한 능력 같기도, 별것 아닌 것 같기도 하지만 경험해보지 않으면 모를 만큼 무섭고 힘든 일인 것 같다.

결혼 전 주택에 살 때 있었던 일이다.

우리 집은 옆집과 상당히 붙어 있었는데 두 집이 창문을 마주 보고 있었지만, 워낙 옛날 건물인 데다 창문이 높게 있어서 집 안이 보이거나 하진 않아 환기를 위해 항상 열어두고 지냈다. 하루는 밤에 잠을 자고 있었는데 나도 모르게 눈이 떠졌다. 순간 놀라서 깬 것이다.

"후우… 후우…."

옆으로 누워서 자고 있었는데 등 뒤에서 사람 숨소리가 들리는 게 아닌가? 동생은 취업에 성공해 서울로 올라갔고, 방은 나 혼자 쓰고 있었는데 분명히 누군가 뒤에 누워있다는 느낌이 들었다. 그 느낌과 숨소리가 너무 무서워서 숨이 쉬어지지 않을 정도였다.

'뭐지? 강도인가? 성폭행범? 소리를 지를까? 그러다 해코지라
도 하면?'

깜깜한 방에서 식은땀을 흘리며 이불을 뒤집어쓴 채 어떻게
해야 할지, 생각만 계속하고 있었다.

그렇게 어둠 속에서 오랜 시간 그러고 있다가 문득 이런 생각
이 들었다. 사람이었으면 벌써 덮치고도 남을 시간이라는 생각
말이다. 처음 눈을 뜨고 지금껏 한 시간 넘게 지난 거 같은데 그
냥 미친 변태인가? 정말 미치고 환장할 노릇이었다. 덜덜 떨다가
확인해봐야겠다는 생각이 들어 후다닥 뛰어가 불을 켰다.

"어?"

밝아진 방 안엔 나 외에는 아무도 없었다. 기분 나쁜 숨결과
사람의 뒤척임이 아직도 생생한데, 아무도 없다고? 시계를 보니
새벽 3시가 다 되어 가고 있었다.

그날부터 나는 너무 무서워서 불을 켜고 잤는데 이상하게도
정확하게 새벽 두 시만 되면 눈이 떠졌다. 눈을 뜨면 정면에 벽
시계가 있어서 시간을 바로 확인할 수 있었다. 누가 깨우듯 그렇
게 깨고 나면 무서워서 잠들 수 없는 밤이 보름 동안 이어졌고,
알 수 없는 두려움으로 인해 얼굴은 점점 퀭해지기 시작했다. 어

머니께서는 방에 불을 켜고 잔다고 화를 내시던 것도 잠시, 내 모습을 보더니 조용히 물어보셨다.

"아니, 요새 밤에 뭐 하느라 잠을 못 자?"

"아… 그게….'

그간 있었던 일을 이야기하자 어머니께서는 화들짝 놀라시며 그날 당장 방을 바꿔주셨다. 예전에 세를 놨던 방이었고 연탄보일러를 사용해야 해서 쓰지 않는 방이었지만 내가 쓰던 방이 무서워 군말 없이 방을 옮겼다.

그리고 어머니께서는 그날부터 베개 아래에 칼을 두고 자라고 하셨다. 무엇 때문인지는 몰랐지만, 시키는 대로 했더니 깨지 않고 잠을 잘 잘 수 있었다.

그렇게 시간이 흘러 나는 결혼했고, 오랜만에 친정으로 가서 이런저런 이야기를 하다가 과거에 있었던 일이 생각나 웃으면서 그 이야기를 하게 되었다.

"그때 진짜 귀신인지 뭔지 새벽 두 시만 되면 너무 무서웠다니까."

내 말에 어머니께서는 생각지도 못한 말씀을 꺼내셨다.

"사실은… 네 방이랑 마주 보고 있던 옆집 있잖아. 거기 총각이 살았는데 목을 매고 죽었다고 하더라고…."

"뭐? 진짜?"

"그래, 결혼 약속을 하고 장롱까지 사서 넣어놨는데 아가씨가 그냥 파혼해버린 거야. 총각이 너무 상심해서 그렇게 새벽에 죽었다고 하더라고."

"그때 왜 말을 안 했어?"

"네가 놀랄까 봐 그랬지. 그래서 바로 방을 바꾼 거였어. 그 뒤로는 괜찮았지?"

어머니의 이야기에 온몸에 소름이 돋았다. 그 일이 있던 날 내가 출근한 후 경찰이 와 있길래 물어보니 그런 일이 있었던 거라고 하셨다. 그 총각이 죽은 시간이 새벽 두 시쯤이었다는 것이다. 그럼 뒤에서 느껴지던 숨소리와 기척은 두 시에 죽은 그 남자의 영혼이었을까? 이야기는 여기서 끝이 아니었다.

"그 총각이 죽고 나서 그 총각네 어머니가 와서 장롱을 버렸거든. 그런데 우리 집 앞에 있는 ○○빌라 알지? 거기서 그걸 주워갔대."

"그런데?"

"그런데 새벽 두 시만 되면 어떤 남자가 계속 문을 두드리면서 찾아왔다는 거야."

이 말에 다시 소름이 끼쳤다. 새벽 두 시….

"정말?"

"근데 나도 그 소릴 들었어. 왜 그때 너 늦게 온 날 기억나?"

어머니께서도 약간 그런 기운이 있다. 남들이 보지 못하는 게 보이기도 하고 신내림을 받거나 그런 건 아니지만 신기가 있는 듯한 그런 느낌 말이다.

그 귀신에게 시달리던 무렵, 야근을 마치고 새벽에 집에 도착한 날이었다. 힘겨운 몸을 이끌고 대문을 연 순간, 옥상으로 가는 계단에 누군가 앉아 바람에 머리를 휘날리고 있었다. 깜짝 놀라 다시 보니 엄마였다.

"아! 깜짝이야. 간 떨어질 뻔했잖아! 바람에 산발하고 있으니까 완전 귀신 같아."

"무슨 소리가 들려서….”

"이 밤에 뭐가 들린다고 그래?"

그 계단에 앉아있으면 골목이 훤히 보였는데 늦게 귀가하는 딸이 걱정되어 거기서 기다리고 계셨다. 얼른 들어가라고 했지만, 어머니께서는 묵묵히 골목 너머 ○○빌라를 빤히 보며 말씀하셨다.

"들어가. 그리고 좀 빨리빨리 다녀. 너 때문에 걱정돼서 잠도 못 자다가 무슨 소리가 들려서 이러고 있잖아."

그날 무슨 소리가 들렸는지 어머니께 여쭤봤다.

"그래서 그날 무슨 소리가 들렸던 건데?"

"그 총각이 자기 가구를 내놓으라고 난리를 치더라고."

"뭐? 죽은 사람 목소리가 들렸다고?"

"그 집 식구들이 그래서 막 괴롭다고 했거든. 그 소리가 그 집 식구들이랑 나한테만 들리는 거였어. 내가 장롱을 버리라고 했지. 그런데 할머니가…."

여기서 언급되는 할머니는 그때 당시 동네에서 막걸리를 얻어 먹으며 점을 봐주는 분이셨는데 불임이던 어머니께 아들이 생길 거라고 말씀해주셨던 용한 할머니였다.

"할머니가?"

"장롱을 태우라고 했는데 이 양반들이 그냥 버린 거야. 그러니까 버리고 나서도 계속 찾아오는 거지. 나도 시끄러워서 잠을 못 자겠더라."

"아니, 왜 시키는 대로 안 했대? 태우라면 태워줘야지!"

"그러니까…. 그런데 다음 날 가니까 장롱이 없어졌더래. 누가 주워간 거지. 그래서 어쩔 수 없이 ○○빌라에 사는 사람이 그 장롱이랑 똑같은 걸 사서 태워주고 나니까 조용해졌어."

"와, 이걸 믿어야 하나 진짜… 어이가 없네."

정말 믿기지 않았지만, 어머니께서 거짓말을 하실 분도 아닐 뿐더러 나도 겪은 게 있으니 믿을 수밖에 없었다.

206

아직도 그 숨결이 생생하게 기억난다.

남자 강도라고 생각했지만 불을 켰을 때 사라진 그 존재.

무서웠지만 안타까운 마음도 들어 그곳에서는 편히 쉬라는
말을 하고 싶다.

1979년, 그날의 기억

AM

FM

kamasutrajin님

우리 가족은 유난히 기억력이 좋아서 다행히도 디테일하게 기억할 수 있는 것 같은데 내가 살면서 처음으로 봐서는 안 될 것들을 본 건 일곱 살 때였던 1979년이었다.

나는 서울의 남가좌동에서 정확히 20년을 살았다. 그 동네 골목길엔 아주 을씨년스럽고 기묘한 느낌의 이층집 한 채가 있었다. 낮임에도 불구하고 어른들 또한 그 집과 마주치지 않으려고 할 정도의 집이었는데 그 집만 동네에서 이층집이었고 보통의 가옥 형태와도 꽤 다른 느낌이었다.

한창 호기심이 가득했던 시절, 이질감이 드는 그 2층 양옥집에 대해 어른들께 질문했지만 별 소득은 없었다. 늘 하시는 말씀이라곤 이런 내용뿐이었다.

208

"저건 왜정시대에 지은 집이야. 집 모양이 좀 다르지?"

그 집이 있는 쪽으로는 다니기 싫어 빙 돌아서 다녔던 기억이 난다. 이상하게 좁고 가파른 계단이 외부에서 올라가게끔 되어 있는 그 집의 1층은 상당히 큰 공간이었는데 거기에 가발 공장이 있었다. 당시엔 실제 사람 머리카락을 사서 가발을 만들었는데 그 집 1층 문지방에 제조한 가발을 일렬로 늘어놓고 말려 굉장히 기괴하고 무서운 모습이었다.

그러다 그 가발 공장이 소리소문없이 이사하고, 그 후에 1층을 넓게 터서 목공소가 들어섰다. 그 목공소에는 4인 가족이 살았는데 그 집 아주머니와 고등학생인 연년생 형제들이 우리와 같은 성당에 다녔다. 아저씨는 개미 한 마리도 못 죽일 정도로 착한 분이었고, 큰아들 이름을 따서 강일이네 목공소로 불렸다.

하루는 늦은 저녁에 강일이네 목공소 아주머니께서 급하게 우리 집으로 오셨다. 누군가에게 많이 맞은 것 같은 얼굴을 보고 깜짝 놀란 우리 가족은 아주머니를 급하게 집 안으로 들어오시도록 했다. 사시나무 떨듯 떨며 잘 걷지도 못하는 아주머니를 보고 있자니 어렸던 나도 뭔가 심각함을 느낄 수 있었다.

"도… 도와주세요. 너무 급해서 왔어요."

"우선 진정하시고, 차근차근 말씀해보세요. 걱정하지 마시고요."

그렇게 차 한잔을 내어드리면서 우리 자매를 방으로 보내셨지만 우린 미칠 듯한 호기심으로 인해 모든 신경이 안방으로 가 있었고, 대화를 듣게 되었다.

"혹시… 강일이 아버지가 전에도 이런 적이 있으십니까?"

"아뇨. 정말 착한 사람이에요. 그이 아시잖아요."

"그럼… 도대체 왜?"

"이 양반이 술을 좋아해요. 근데 그렇다고 사람을 때리는 주사는 없었는데 뭔가 내 남편이 아닌 거예요. 뭐라고 설명을 못 하겠는데… 흑…."

"아이고… 여긴 괜찮아요. 조금 추스르세요."

"아휴, 강일 엄마, 이게 무슨 일이에요. 약 좀 가지고 올게요. 세상에나…."

아주머니의 말씀에 의하면 주사가 없던 착한 분이 며칠 전부터 눈이 새빨개지면서 자기와 아들들을 죽어라 때렸다고 한다. 마치 다른 사람처럼 말이다.

그렇게 며칠이 멀다 하고 아주머니의 피난은 이어지게 되었다. 그 목공소에서 뭔가 이상한 것이 보이기 시작하면서 남편이 완전히 다른 사람으로 둔갑해 폭력을 행사하고 그러다 제정신이 들면 가족들에게 손찌검한 사실에 죽고 싶을 만큼 괴로워한다는 것이었다. 사태가 이쯤 되니 성당 활동을 열심히 하던 어머니께서는 활동하던 팀에 연락하셨다. 천주교에는 '레지오 마리애'라는 군대의 형식과 비슷한 봉사 단체가 있다.

어머니께서는 팀의 단장이라는 직책이었고 연세가 드신 분이 많은 팀이라 어딘가에 구마 의식을 하러 가거나 누가 작고하시게 되면 추모하는 기도인 연도 활동을 자주 하셨다. 어머니의 '레지오 쁘레시디움' 팀에는 성당 대모님인 요안나 할머니도 있었는데, 그분은 우리 집 근처에 살고 계셨다.

그분께 말씀드렸더니 그 집에 부정한 것이 들었을 거라고 결론을 내셨고, 신부님을 모셔 와서 엑소시즘 전에 알아보는 단계를 갖기로 했다. 그렇게 어머니와 요안나 할머니가 사전 방문을 하게 되었다.

하필이면 너무 캄캄하고 어두운 날 그곳에 가신다며, 우리 집에 오셨다. 언니는 학교에 갔고, 아버지는 직장에 가셔서 유치원생인 나만 집에 있었다.

"벨라뎃다. 준비됐으면 갑시다."

"잠시만요, 대모님. 성수랑 뭐가 빠졌어요."

"오늘 뭘 하려고 하지 마요. 그 집… 가발 공장 때부터 말이 많아…. 간단히만 입고 얼른 준비해서 갑시다. 아, 근데 이 꼬맹이는?"

"할머니. 저요?"

나는 호기심으로 인해 빛나는 눈으로 할머니께 다가가 조심스럽게 대꾸했다. 그러자 할머니께서는 평소와는 다르게 좀 무서우면서도 진지하게 어머니에게 말씀하셨다.

"단장님. 아시겠지만 그런 집에 갈 때는 어린애 혼자 두면 무슨 일이 생길지 몰라요. 어떡하죠? 어디 맡길 곳 없죠?"

"아, 그 생각을 못 했네요. 어떡하죠? 애 혼자만 두면 분명히 일 날 것 같은데…."

"최선은 아니지만 지금으로선 도리가 없네요. 얘 데려갑시다. 차라리 우리가 직접 보는 데서 보호해주든 그러는 게 좋아 보여요."

"네, 그래요. 엄마가 불안해서 그래. 같이 가볼래? 그러자. 너도 옷 입어."

뭔가 분위기가 정말 이상했다.

나를 두고 대화하는 두 분의 분위기가 이상하게 심각해서 마냥 좋아할 상황이 아니었다. 그러다 보니 금방이라도 비가 쏟아질 것 같은 하늘의 심상치 않은 느낌과 이상한 분위기에 겁이 나기 시작했다. 따라가도 재미있는 것이 아니라 뭔가 위험할 것 같다는 생각이 어린 내게도 고스란히 전해졌다.

강일이네 목공소는 우리 집에서 1분도 안 걸리는 위치라 금방 도착했고, 마주한 건물에 선뜻 들어가기가 꺼려졌다. 분명히 불을 켜놨는데도 이상하게 어둠이 빛을 먹는다는 표현이 딱 맞는다고 생각될 만큼 내부가 보이지 않고 딴 세상 같았다.

"으… 집에 가고 싶은데…."

혼자 중얼거렸는데 갑자기 어머니께서 약간 사백안 같은 눈을 하시고 차갑고 무표정한 표정으로 내려다보시더니 아주 생소한 목소리로 말씀하셨다.

"지금부터 이곳에 들어간다. 넌 절대로 나에게서 떨어지면 안 돼. 내게서 떨어지면 너는 여기에 먹히고, 그렇게 되면 죽어. 내 옷을 반드시 잡아야 한다. 아주 조금이라도. 너는 이 여자의 옷자락을 놓치면 죽게 된다."

어머니는 남자 같은 무서운 목소리로 자신을 '이 여자'로 지칭하셨다. 뭔지는 모르겠지만 빨리 고개를 끄덕였다. 나는 그렇게 어머니의 치맛자락을 꼭 잡고 최대한 종종거리며 어머니를 따라나섰다. 절대로 놓치지 않았다. 놓치면 죽는다고 하니 그럴 수밖에 없었다. 그리고 그 집에서 이상한 것들이 기어 나오기 시작했다.

어머니께서는 목공소에 들어갈 때도 그 눈을 하시고, 무표정했는데 손전등으로 구석구석을 비추듯 그 큰 눈으로 천천히 고개를 돌리며 훑고 계셨다. 그렇게 목공소를 여기저기 둘러보다가 집 한쪽 마당으로 들어가게 되었다. 그리고 방 한 칸으로 건너가려는 그때 어둠 속에서 뭔가 알 수 없는 것들이 나를 향해 다가왔다.

그때였다. 어머니지만 어머니가 아닌 존재가 고개를 꺾어 돌아보았다.

"저것들에 닿지 마라. 아프게 된다. 그리고 지금부터 뭘 보게 되더라도 너는 어른이 될 때까지 여기서 본 것들에 대해 그 누구에게도, 가족에게도 말을 해서는 안 된다. 반드시 지켜야만 한다. 그러지 않으면 우리는 너를 지켜줄 수가 없다."

'우리'가 누구일까? 진짜 무섭고 섬찟한 것이 혼란스러운 상태였다. 그렇게 나는 정말로 성인이 될 때까지 언니의 유혹에도 넘어가지 않고 이 말을 잘 지켜냈다. 어머니께도 말씀드리지 못하고 혼자 냉가슴 앓듯 홀로 지켜냈다. 그 말을 어기면 나에게 안 좋은 일들이 생길 것만 같았기 때문이었다.

어머니의 말씀대로 놈들은 굴러서 내게 다가왔다. 나에게 닿으려는 듯 더욱 가깝게 굴러왔다. 처음 굴러왔을 때는 정말 귀엽고 검은 털 뭉치 같은 검댕이었다. 만지면 보송보송할 것만 같은 그런 모습. 하지만 그게 다가올 때 나는 본능적으로 어머니의 치맛자락을 꼭 쥔 채 어머니께 붙어 피했다. 그렇게 어둠 속으로 굴러간 놈이 다시 나를 향해 굴러왔는데 아까보다는 좀 더 커진 느낌이었다.

그런데 솜 같은 것이 어느새 밤송이 같은 바늘로 바뀌어있었다. 놈은 또 목공소 귀퉁이로 굴러가더니 벽에 통, 하고 부딪히곤 다시 나를 향해 굴러왔다. 그리고 또 커져 있었다. 더는 귀엽지 않았고, 누가 봐도 징그러워서 비명이 나올 것 같은 형태로 바뀌어 있었다.

크기가 커져서 우르르, 소리를 내면서 위협적으로 빠르게 굴러왔다. 이제는 내 가슴 높이만큼 커진 그것은 반드시 나를 치어버리겠다고 작정한 듯했다. 너무 싫고 무서워서 어떻게 해야 할지 모르고 있었는데 어머니께서 옷자락으로 나를 감싸주셨다. 그 따뜻한 품에 안겨 그놈이 사라지는 걸 가만히 보고 있었다. 이 일은 1분 정도 사이에 있었던 일인데 진땀이 나서 몸이 흥건할 지경이었다.

그 후 그놈은 가버렸는데 또 다른 놈이 나를 노리고 다가왔다. 이번에는 사람의 그림자처럼 생겼는데 나를 정면으로 보는 모양새로 벽을 타고 흐르고 있었다. 목공소에는 조명이 켜져 있었고 그 조명에서는 생길 수 없는 그림자였다. 그림자만 벽을 타고 재빠르게 흘러간다는 게 말이 안 된다. 그림자는 그렇게 움직이다 팔만 공중으로 뻗는 모양으로 나를 만지려고 했다. 한 걸음 걷기가 무섭게 이놈은 내 걸음을 방해하려는 듯 발악하며 무언가를 자꾸만 뻗어댔다. 그렇게 쉭, 소리를 내며 그러기를 반복했고, 곧 내게 닿으려고 할 때쯤 어머니께서 손으로 탁, 쳐버리시고 나를 데리고 방 안으로 가셨다.

"저기로 가자."

거기도 어두운 느낌이 들었다. 아주머니와 오빠들을 때렸다는 강일이 아버지는 조신하게 무릎을 꿇고 오셨냐며, 사람 좋은 인사를 하셨다. 그리고 어쩔 줄 몰라 하며 기억하지 못했다.

"제가… 기억이 나지 않습니다. 그게… 제일 미안해요. 어떻게 해야 할지 모르겠고 목공 작업도 전혀 못 하고 있습니다. 그때는 세상이 온통 빨갛게 보여요."

새빨간 것에 갇혔다가 풀리고 나면 아주머니는 피를 흘리든 멍이 들었든, 그런 상태가 되어 있다는 것이다. 처음 아주머니께서 찾아오셨을 때 우리는 강일이 아저씨가 알코올중독이 아닌가 했다.

하지만 가만히 생각해보면 단순하게 알코올의존증은 아니었던 것이었다. 그 아저씨를 보면서 나는 어머니 뒤에 붙어서 치맛자락을 쥐고 있었고, 할머니와 어머니께서는 준비해 간 성수를 아저씨께 뿌리기 시작했다. 그리고 구마기도를 하시며 성수를 뿌렸는데 만화처럼 흰자가 새빨개졌다. 순식간에 흰자위가 피로 물드는 것 같은 그 장면은 정말 잊을 수가 없다.

216

아저씨의 인상과 표정 모든 것들이 변하며 눈빛 또한 빛나는 것 같았다. 기괴한 소리를 내며 난리를 쳤는데 그 모습이 너무나도 무서웠다. 형제들이 아저씨를 잡고 제압하고 있었는데 그 후로 나는 어머니 뒤에 숨어서 그 모습을 보지 않았고, 얼른 끝나서 집으로 가고 싶다고 생각했다.

그렇게 할 일을 모두 마치고 할머니와 어머니 그리고 나는 밖으로 나왔다. 비가 쏟아질 것 같은 하늘은 여전했지만, 어머니께서는 보통의 목소리와 표정으로 변했다.

"이것 좀 놔. 뒤에서 뭐 해?"

그래도 나는 어머니의 치맛자락을 잡고 요안나 할머니만 쳐다보았다. 할머니께서는 모두 아신다는 듯 고개를 끄덕였고 그때 갑자기 바람이 불었다. 나뭇잎이 휘휘, 날리며 소용돌이가 조그맣게 생겨 오는 것이 보였다. 그때 할머니께서 나를 부르셨다.

"아가, 이리 오거라."

그렇게 할머니께서는 나를 품에 꼭 안아주셨고 나는 그 품에 폭 안겨 있었다. 그때 바람이 어머니를 훑더니 마치 마술을 하듯 어머니를 살짝 띄워놓았다. 어머니는 누우신 채 발이 강일이네 목공소 쪽으로 향하게 잠시 떠 있었다.

그 모습을 보는데 정말 미칠 것 같았다. 어머니께서는 그렇게 다시 스스로 지면을 밟고 할머니와 나에게 얼른 집으로 가자고 하셨다. 성인이 되고 나서 그때 일을 물어보았는데 어머니께서는 기억이 전혀 없으셨다.

"응? 기억이 안 나는데…. 내가 너한테 그랬었어? 자세히 좀 말해봐."

지면 위로 살짝 뜬 건 기억하시는데 그 전에 나를 데리고 그 건물에 들어간 건 기억에 없다고 한다. 그렇게 자신을 신기해하면서 몇 번이고 다시 내게 물어보시곤 했다. 그리고 수호령 같은 것이 자신에게 빙의되어 지켜준 것 같다고 했고 강일이 아버지는 귀신에게 빙의된 것 같다며 사나웠다고 회고하셨다.

거의 41년 동안 이런 오만 가지 현상을 며칠에 한 번꼴로 접하다 보니 이제는 그러려니 하고 수긍한다. 무슨 일이 일어나든 무엇을 보든 그렇게 놀랍지도 않고, 순간적으로 잠깐 놀랐어도 귀신을 무서워하지 않는 간이 큰 사람이 되어버렸다.

나는 그날 거기서 본 두 가지가 무엇이었는지 아직도 궁금하다. 하나는 그슨대라는 것을 알게 되었고, 그 가시 송이였던 것은 아직도 무엇이었는지 모른다.

그 후 그 적산가옥이 어떻게 되었는지는 모른다. 단지 재개발되어 아파트 단지가 조성되었다는 것뿐.

신들린 침구사

AM ──────────────────── 배
FM
소유니님

외할머니께서 젊었던 시절의 이야기이다.

[삐용- 삐용-]

새벽부터 요란한 소리가 온 동네에 울려 퍼졌고 심상치 않은
분위기에 여기저기 한 집씩 불이 켜졌다.

"아니, 기침도 안 한 새벽 댓바람부터 무슨 일인 겨? 어디 불
이라도 났남? 아님 뉘 집에 도둑이라도 든 겨?'"

마을 이장인 장 씨가 대문짝을 거칠게 열어젖히며 볼멘소리
를 하고 있었고 그 뒤를 따라 나오는 강철 어머니.

"여보, 뭔 일 났대유? 밖이 뭔 소란이래유? 밤새 안녕이라더니
만…. 뉘 집에 초상이라도 났는 갑네!"

두 내외가 대화하는 사이 먼발치에서 자기 신발이 벗겨지는
지도 모른 채 뛰어오는 누군가의 외침이 들렸다. 그는 은태 아버
지였다. 거친 흙바닥이 온통 바짓부리에 튀어 올라 얼룩을 만들
어도 아랑곳하지 않고 이장네를 부르며 뛰어오고 있었다.

"아이고, 형님! 큰일 났소! 쩌그! 쩌그! 가… 강릉… 강릉댁
이… 일이 나부렀당께요! 빨리 가보셔야 쓰겄소. 헉헉!"

마른 숨소리에 앞뒤 잘린 은태 아버지의 말은 횡설수설이었다.

"잉? 강릉댁이? 뭔 일이라도 난 겨? 이 시간에 우리 마을에 갱
찰차도 오구 말이제!"

"빨리 자세히 좀 말씀해보시랑께유! 강릉댁한테 속 시끌한 일
이라도 난 거래유?"

이장댁의 갈구하는 물음에 답할 새도 없이 은태 아버지는 이
장한테 서두르자고 보채기만 했다.

"형님! 긴말할 시간 없슈! 빨리 가봐야 헌당께유? 어서, 어서유!"

은태 아버지의 설레발에 이장은 옷매무새조차 만질 새도 없
이 앞서가는 이를 따라나설 수밖에 없었다. 강릉댁 집에 한둘씩
모인 사람들은 눈앞에 펼쳐진 광경에 혼이 빠진 모습으로 심장
을 다독이느라 여념이 없었다. 그 가운데 몇몇은 강릉댁에게 그
러면 못 쓴다고 한마디씩 하는 중이었다.

"이… 이거이… 이거이… 무신…."

누군가의 신고로 등장한 경찰들 사이로 이장은 강릉댁 손에 쥐어진 시퍼런 낫자루에 시선이 머물러 그만 입이 닫혔다.

천하에 순둥이인 강릉댁이 지금, 이 순간만큼은 살기 가득한 악마로 둔갑해 있었다. 바닥엔 동칠이가 진흙더미와 뒤섞인 채로 버둥거리는 모습이 눈에 들어왔다. 동칠이의 동태가 무뎌지고 있는 것을 보자 강릉댁은 들고 있던 낫을 들어 자신의 목에 가져다 댔다. 그 모습에 마을 사람들은 섣불리 달려들어 막지 못할뿐더러 대치하고 있던 경찰들도 함부로 다가서지도 못하고 그저 되지도 않는 설득만 하는 게 최선이었다.

"가… 가… 강릉댁. 조금만! 조금만 진정혀유! 강릉댁이 그럴 사람이 아니라는 거 안당께유! 동칠이가 또 잘못을 혔겄제! 우리가 강릉댁 사정 모르는 바 아니니 그 낫 좀 내려놓고 이야기협시다! 우리가 다 들어줄 테니께…. 제발, 강릉댁!"

낫을 들어 자기에게 돌이킬 수 없는 죄를 저지르려던 강릉댁은 잠시 주춤하더니 경찰의 말에 조금 동요한 듯 조금 전보단 약해진 목소리로 팔의 힘마저 나긋해지고 있었다.

"전… 이제 살 이유가 없어요! 이년의 질긴 생은 여기까지인 걸로 하고 싶네요. 이 억센 목숨… 이젠 미련도 없습니다. 그냥 이대로 저승길로 가는 게….'

잔잔히 떨려오는 강릉댁의 말속엔 '살고 싶다!'라는 간절함이 일렁이고 있는 듯했다. 그걸 감지한 경찰이 계속 강릉댁을 진정시킴과 동시에 강릉댁 손에 들려있던 낫을 순식간에 낚아챘다.

그제야 강릉댁 집에 모여있던 마을 사람들은 봇물 터지듯 안도의 한숨을 쉬며 가슴을 쓸어내렸다.

한바탕 소란 끝에 현장에서 붙잡힌 강릉댁과 집 마당 한쪽에서 몸을 바들바들 떨고 있던 동칠이. 이 둘에게 그간 어떤 일이 있었길래 이런 사달이 났는지 마을 주민들은 어느 정도 짐작할 수 있었다.

5년 전, 곱상하고 참하게 생긴 처자가 이리저리 떠돌이 생활을 하다 지쳤는지 작은 보따리만을 안은 채 이 마을로 들어왔다. 십수 년 떠돌다 이 마을에 들어 온 그 처자는 워낙 말수도 적고 낯가림도 심해 쉽사리 누구와도 말문을 트기가 쉽지 않았다.

어찌어찌해서 마을에 집을 얻을 수 있을까, 하며 기웃거리는 모습에 오지랖 넓은 이장댁이 손수 나서서 오래도록 비워진 집에 그 처자를 들게 했다. 그 집은 옥분 할머니 혼자 살다 돌아가시게 되자 비워지게 된 집이었고, 그 집 주인은 이장네였다. 창고로 쓰던 건물을 개조해 세를 놓아 옥분 할머니가 기거하도록 했기 때문이다. 그 집이 옥분 할머니 최초의 생활 터전이자 최후의 안식처가 된 곳이기도 했다.

222

하지만 누구 하나 옥분 할머니를 찾는 사람 없이 비워진 채 거미와 쥐들만 득시글거린지 10년이 다 되어가는 집이라 마을에 선 그 집 때문에 여간 골칫거리가 아니었다. 그런데 그 집에 새로운 주인이 들어오게 되었으니 이장댁에게는 앓던 이가 빠진 것처럼 개운한 일이었다.

"보아하니… 바깥양반은 안 계신 것 같고 한참 동생뻘 같은디 말 놔도 되제?"

처자의 말 없는 끄덕임에 냉큼 받아친 이장댁은 곧이어 남은 궁금증에 열을 올렸다.

"그나저나, 워데서 온 겨? 먼저 살던 곳이 워디냔 말이제! 이름은 뭐여, 나이는? 자슥은 있고?"

이장댁의 쏟아지는 물음에 깊은 한숨을 쉬며 그 처자는 보따리를 끌어안은 채 물끄러미 땅만 보고 있었다. 대신 우물쭈물 손가락만 열심히 대답하며 주변의 눈치를 살피고 있었다.

"괘안혀! 누가 안 잡아먹응께, 어여 말해 보드라고. 사람은 솔직혀야 쓰는 겨! 거짓부렁하믄 못쓴당께. 말혀봐! 워디서 뭐 하다 왔는가? 설마 죄짓고 온 건 아니제? 엄한 디서 나쁜 일 저질러 놓고 우리 마을에 숨어 온 것이믄 이 길로다가 곧장 철창으로 가야 할 거여. 우린 그런 족속들은 용서가 안 된단 말이제. 그라고 절대로 숨겨줄 수도 없응께 후딱 털어놔 보드라고."

"죄짓고 온 건 아닙니다. 그냥 좀… 제 한 몸 편히 쉴 곳을 찾다 찾다 여기까지 오게 되었습니다. 여기라면 숨 쉬고 살 수 있을 것 같아서요. 그래서 무작정 오다 보니 이곳만 한 곳이 없겠다 싶은 생각에 그만… 원래 살던 곳은 강원도이긴 한데….'"

"아, 강원도여? 그람 그짝 이름은? 이름은 있제? 것도 말하기 싫은감? 쯧쯧쯧… 무슨 사연인지는 모르겠지만서도 말하기 좀 거시기한 것 같응께 일단 내 맴대로 부를 거구먼. 강릉댁! 강릉댁이 워뗘? 괜찮제?"

"네! 편히 부르셔도 됩니다. 그리고 이곳에서 지낼 수 있게 해주셔서 감사드….'"

"아이고 감사는 무신! 호호호. 그냥 편히 지내믄 되는 기제! 여그가 좀 정신 사납긴 혀도 비바람 막기에는 괜찮을 것이구먼. 기본 세간 살림 필요하면 우리 집에서 갖다 써도 되니께 편히 하드라고."

이장댁은 변죽 좋은 말솜씨로 한순간에 그 처자를 강릉댁으로 만들어 버렸다. 강릉댁이라고 부르는 소리가 그 처자도 싫지는 않은 듯했다. 강릉댁에게 좀 더 깊은 개인사는 들을 수 없었지만, 시간이 지나 어느 정도 마을 사람들과 안면이 익숙해진 후에는 가벼운 인사 정도와 함께 약간의 속내는 나눌 수 있게 되었다.

224

마을에서의 생활이 편안해진 강릉댁은 집에 있는 날이 거의 없었다. 산으로 들로 이 마을 저 마을 몸을 바삐 움직이며 자신에게 잠시라도 쉴 틈을 주지 않았다. 마치 일벌레가 되어 혹사당하는 것을 즐기는 사람처럼 보였다. 대체 뭘 하고 다니는 건지 얼굴이 새빨개지도록 이리저리 다니는 모습에 마을 사람들은 온갖 수선한 소문들로 강릉댁을 향한 수군거림이 거의 일과가 될 정도였다.

그러다 자신만의 세상에 갇혀 있던 강릉댁한테 바깥세상과의 거리가 한 뼘 정도 가까워질 일이 생겼다. 그것은 바로 마을 이장네 노모의 병환.

잘 계시다가도 갑작스레 배를 움켜잡으며 방바닥을 뒹구는 어르신의 모습에 다들 발만 동동 구르는 상황이었다. 게다가 원인을 알 수 없으니 그 답답함은 이루 말할 수가 없었다. 당장 병원에 모시고 가고 싶어도 그 당시 마을엔 병원이란 건 눈 씻고 찾아봐도 없었고, 30여 분을 나가야 비로소 작은 보건소가 하나 있는 게 전부였기에 급히 손을 쓴다는 건 여간 어려운 일이 아니었다.

병색 짙은 어르신들은 속수무책으로 그저 맥없이 죽음을 맞이해야만 했던 게 그때의 마을 현실이었다. 변변치 못한 마을의 상황과 이장네 노모의 안타까운 소식을 우연히 듣게 된 강릉댁은 작은 가방을 들고 이장의 집으로 황급히 뛰어갔다. 그리고 걱정스러운 마음이 극에 다다른 상태로 이장 집에 당도하자마자 급히 이장을 불렀다.

"이장님! 이장님! 어르신은… 어르신은 어디에 계신가요?"

"이잉? 누군겨?"

숨이 턱까지 차오른 강릉댁의 모습에 이장 내외는 어안이 벙벙한 표정으로 물끄러미 보고만 있었다. 그 당시 이장네는 어르신의 병환 때문에 근심이 날로 커짐은 물론 마음 졸임에 생활이 엉망이 되어가고 있었다.

"어르신은… 어르신은요? 지금 제가 좀 봬야 할 것 같은데…. 편찮으시다는 소식을 우연히 들어서요. 잠시 좀 뵐 수 있을까요?"

"뭐시여? 강릉댁이? 우리 어머니를? 왜? 뭐 하려고 그라는 겨?"

강릉댁은 지체할 시간이 없다며, 노모가 있는 방이 어딘지 재촉하듯 물었다.

"한시가 급합니다. 빨리 서두르지 않으면 초상 치를 일만 남게 될 거예요."

그 말에 정신이 번쩍 든 이장은 재빨리 노모가 있는 방으로 안내했고, 강릉댁은 매서운 눈빛을 보이며 그 방으로 들어갔다. 아무도 들어오지 못하게 하면서….

노모 방에서 무슨 일이 벌어지는지 알 턱이 없던 이장 내외는 온갖 촉각을 곤두세워 방 쪽을 주시하며 강릉댁이 나오기만을 기다리고 있었다.

잠시 뒤, 한시름 놓았다는 표정과 함께 강릉댁이 노모의 방에서 나왔다. 이마엔 사투를 벌인 표식으로 땀방울이 송골송골 맺혀 있었다.

"어찌 됐는 겨? 우리 어머니는 이제 괜찮으신 겨?"

이장의 물음에 강릉댁은 천천히 대답했다.

"네, 이젠 괜찮으십니다. 한동안 주무실 테니 깨우지 말고, 일어나시면 미음부터 드시게 해주세요."

"그랴? 휴… 다행이구먼! 고마우이, 강릉댁! 근데 우리 어메한티 뭘 어찌한 겨?"

"침을 놔드렸어요. 제가 침을 좀 놓을 줄 알거든요."

"뭐? 침? 자네, 침을 놓을 줄 아는 겨? 한의사 선상이신가?"

"더는 묻지 마시고 일단, 어르신의 건강만 챙기세요. 저에 대해선 차차 아시게 될 겁니다. 그럼 이만 가보도록 하겠습니다."

급한 불을 껐다는 안도감에 강릉댁은 짧은 말들만 뒤로 하고 이장 집을 나왔다. 이장 내외는 갈수록 태산처럼 느껴지는 강릉댁의 모습에 여러 가지 생각들이 복잡스레 뒤엉키는 것 같았다. 그 숫기 없는 처자에게 말수 대신 신통한 재주가 있었다니…. 명의 허준 선생에 버금갈 만큼 뛰어난 의술을 가지고 있다는 게 이장 내외한테는 적잖이 놀랄 일이 아닐 수 없었다. 그것도 일반 의술이 아닌 침 하나로 사람을 치료하는 명의 중의 명의인 것 같았으니, 강릉댁에게 함부로 범접하기가 쉽지 않았던 건 분명했다.

무엇보다 특이한 것은 평상시엔 누구와도 눈조차 마주치지 못하지만, 누군가 아프다는 소리만 들리면 눈빛부터 달라지는 게 보통내기는 아니지 싶었다. 그런 사람이 왜 이 외딴 마을에 들어왔는지 의구심을 갖는 건 그 당시 우리 외할머니뿐만은 아니었다.

이 마을뿐만 아니라 이웃 마을에서도 그 명성은 잔잔히 퍼지고 있을 정도여서 강릉댁에 대한 궁금증은 사그라들 줄 몰랐다. 도저히 안 되겠다 싶었는지, 이장댁은 작정하고 강릉댁 집으로 갔다.

"저기… 강릉댁! 강릉댁 안에 있는 겨?"

때마침 외출하고 돌아온 강릉댁이 이장댁의 뒤에서 대답했다.

"무슨 일이라도… 혹 어르신께 또 일이 생겼나요?"

강릉댁의 등장에 마른침을 삼킨 이장댁은 앞뒤 자르고 다짜고짜 질문들을 쏟아냈다.

"저… 자네! 자네 대체 정체가 뭐여? 행색은 암만혀도 그냥 평범하단 말이제. 아, 근디 누가 아프다고 하면 왜 그리 눈빛부터 달라지는감? 자네 이상혀. 참말로 수상한 사람… 아니제?

우리 마을에 둬도 될 사람인가 말이여. 내가… 아니 우리 마을 사람들이 자네 땀시 불안해 죽겠다고 난린디! 그러니 말 좀 혀봐."

미덥지 않아 하는 이장댁의 반응에 강릉댁은 알 듯 모를 듯한 웃음을 짓더니 이내 말문을 열었다.

"저에 대해 사람들이 뭐라고들 하나요? 걱정하시는 것처럼 나쁜 사람 아니니 염려 마세요. 그것보다 강철 어머니, 제가 보기엔 강철 어머니 간이 많이 안 좋으신 것 같습니다.

강철 어머니를 보고 있자니 제 속이 답답해지면서 제 몸이 아파져 옵니다. 그게 느껴지고 보여요. 그쪽은 제가 손을 쓸 수 없으니 빨리 큰 병원에 가보시는 게 좋을 것 같습니다."

"뭐여? 내 간땡이가? 내 간땡이가 워떻다고 그러는 겨? 시방 내한테 뻘소릴 지껄이는 겨?

괜한 소리로 둘러대지 말고 시원스레 속내 좀 터보더라고!"

이장댁의 어깃장 놓는 말투에도 미동조차 하지 않던 강릉댁이 별안간 호통을 쳤다.

"그만하시고 빨리 병원부터 가보시라니까요. 이번에 안 가시면 저승사자가 데리러 올 날이 얼마 남지 않을 겁니다. 그러니… 제발 여러 말씀 마시고 이장님과 함께 병원에 다녀오세요."

이렇게 서로 각자의 말만 되풀이하고 있었다.

그 무렵, 영순 엄마가 영순을 업고 급히 강릉댁 집에 왔다. 영순이가 다 죽게 생겼다면서 말이다.

"아이고, 강릉댁! 우리 영순이 좀 봐주시게! 야가 아침부터 불덩이구먼! 암만 찬 물수건으로 닦아내도 열이 떨어지지 않고 있으니 어쩐 데야?"

몸이 축 늘어져 업혀 온 영순을 보자 강릉댁의 눈빛이 또다시 바뀌었다. 그리고 영순의 등에 손을 가만히 갖다 대고 한참을 뭔가 보고 있는 듯했다.

나름의 촉진으로 영순의 상태를 살피는 것 같았다. 하지만 그건 촉진이 아니었다. 등에 손을 얹었던 강릉댁이 갑자기 영순의 등짝을 세게 때리더니 버럭버럭 소리를 질렀다.

"네이노옴! 어디! 어디 할 짓이 없어서 아이 몸에 힘을 실은 것이냐? 빨리 그 몸에서 나오지 못하겠느냐? 내 손으로 네놈 모가지를 비틀어야 그 몸에서 사라질 테냐?"

강릉댁의 불호령과 손 매질에 이장댁은 뒤로 나동그라졌고 영순 엄마는 놀라다 못해 업고 있던 영순을 마당에 떨구고 말았다.

순간, 바닥에서 고통스러워하는 영순을 보자 본능적으로 영순 엄마는 자식을 강릉댁으로부터 지켜내야겠다는 생각에 온몸을 던지며 영순을 향해 엎어지고 있었다.

그 모습을 본 강릉댁은 좀 전과는 달리 차분하지만 단호한 목소리로 영순 엄마에게 한마디 했다.

"비키세요. 비키셔야 합니다. 안 그럼 영순이가 죽어요! 이대로 따님을 보내시렵니까?"

"아… 아니, 가… 강릉댁! 아픈 내 자슥한테 왜 그리 무섭게 소릴 지르고 매질까지 하는 겨? 강릉댁 제정신인 겨? 난, 난 절대 못 비키네! 내 자슥이 자네의 손아귀에서 죽을까비 못 비키겠다고! 살려 달라고 왔드만 이게 뭐여? 매질이 웬 말이냔 말시! 자네 미쳤는갑네! 난 절대로 못 비키겠어! 못 비킨다고!"

몸부림치며 영순을 일으켜 세우려는 영순 엄마를 강릉댁이 단숨에 옆으로 밀어 재끼고 영순을 안고 방으로 데리고 들어가려 했다. 놀란 영순 엄마는 안 된다고 소릴 지르며 강릉댁의 방에 따라 들어가려고 했고, 강릉댁은 매서운 눈초리로 영순 엄마를 쏘아보았다.

강릉댁의 강렬한 눈빛에 그만 주눅이 든 영순 엄마는 문밖에서 털썩 주저앉고 말았다. 오로지 영순을 낫게만 해준다면 좀 전 상황은 개의치 말자고, 스스로 다독이는 중인 듯했다.

"강철 어머니! 대신 따라 들어오세요! 저에 대해서 제대로 아셔야 하지 않겠어요? 영순 어머니는 밖에서 기다리고 계세요. 제가 따님을 살려 보낼 테니."

"이잉? 나? 시방 나더러 따라 들어오라는 겨? 내 간땡이는 워쩌고? 에따 모르겄네! 쪼매 미룬다고 내 간땡이에 큰일이야 나겄어? 그랴! 알겠구먼! 내 따라 들어감세!"

진정하지 못하는 영순 엄마를 뒤로한 채 이장댁은 강릉댁의 뒤를 따라 방으로 들어갔다. 잠시 뒤 눈앞에 보인 모습에 이장댁의 두 눈이 휘둥그레졌다.

영순을 반듯이 눕힌 채 머리 부근에 손을 얹은 강릉댁은 중얼중얼 알아듣지 못 할 말들을 한참이나 하고 있었다.

순간, 얌전히 누워 있던 영순의 입에서 거친 소리가 쏟아져 나오고 있었다. 그건 열 살짜리 여자아이 입에서 나올 소리는 아니었다.

[으아악! 네 이년! 네년이 겁도 없이 날, 날! 이리도 힘들… 아아악! 아프다, 이년! 아파!

박복한 년이 서방 잡아먹고 뭐 잘한 게 있다고 날 이리도 괴롭히는 것이냐? 내가 누군 줄이나 아느냐? 감히 나를… 아아악!]

영순의 몸부림이 거세지자 강릉댁의 입에서는 좀 전보다 더 힘을 실은 중얼거림이 숨소리와 함께 거칠게 뿜어져 나왔다. 거의 초인적인 힘으로 영순에게 실린 뭔가를 밀어내고 있는 것만 같았다.

그런데 영순의 말 중 이상한 것이 있었다. '서방 잡아먹은'이라는 말. 그럼 강릉댁의 서방은 강릉댁 때문에 변고를 당한 것이란 말인가? 영순의 몸속에 들어찬 그 요물은 강릉댁에 대해서 어떻게 안단 말인가?

순식간에 듣게 된 말들로 이장댁의 마음은 쉴 새 없이 바빠지고 있었다. 이러다 쥐도 새도 모르게 강릉댁한테 이상한 일들을 당할까 봐 살짝 겁까지 나기 시작했다.

"쉰 소리 말거라! 네놈이 그렇게 말한들 내가 가만둘 것 같으냐? 어림없다. 더 이상 나불대지 말고 빨리 이 아이에게서 나와! 어서!"

영순의 입을 빌어 나오는 당찬 소리에도 전혀 동요치 않은 강릉댁은 온 힘을 다해 그 요물과 싸우고 있었다.

[네년은 날 절대 못 보낸다! 난 이 계집년한테서 절대 안 나갈… 으아악!]

그렇게 한참 뒤, 영순의 맹렬함과 실랑이를 벌인 끝은 영순의 입에서 나온 거품 한 사발로 종지부를 찍었다. 그러고 나자 강릉댁은 어디선가 침통을 들고나오더니 영순의 기혈 흐름을 따라 여기저기 침을 꽂기 시작했다. 침을 꽂는 강릉댁의 손길은 야무지다 못해 섬세하고 민첩하기까지 했다.

참 알 수 없는 일이었다. 이장댁은 눈앞에서 펼쳐진 온갖 행태들을 어찌 말로 표현해야 할지 판단이 서질 않았다. 그렇다고 무턱대고 강릉댁한테 참 잘했다고 말할 수도 없었다. 그저 놀람 섞인 두려움이 혼재된 상태로 이장댁은 강릉댁의 신들린 모습에 어찌할 바를 몰랐다.

머릿속이 다시금 시끌시끌했다.

'이 사람! 보통이 아니구면. 필경 뭔 내막이 있을 겨. 설마 인간의 탈을 쓴 악마라도 되는 건 아니겠제? 그나저나 내가 강릉댁한테 뭐 잘못한 건 없는가 모르겠네. 휴, 이거이 참말로….'

"강철 어머니. 방금 일은… 어디에도 말씀하지 말아 주세요. 강철 어머니만 알고 있었으면 좋겠어요. 사람들에게 알려지면 더는 여기서 누구도 도울 수 없습니다. 전 다시 떠돌이 신세가 되어야 해요. 그러니 강철 어머니만 알고 있고, 당분간 함구 부탁드립니다."

강릉댁은 이장댁의 생각을 읽었는지 미리 입단속을 시켰다. 알면 알수록 양파 같은 강릉댁의 모습은 가히 놀라지 않을 수 없었다. 일을 행하기 전의 강릉댁과 일을 행한 후의 강릉댁은 여태껏 그녀가 알고 있던 모습과는 판이했다.

강릉댁의 부탁에 이장댁은 어안이 벙벙하고 심란했지만 마을에 있으면서 적어도 사람들에게 이로움을 줄 것 같아서 그냥 눈 질끈 감고 넘기기로 했다. 어쨌거나 일반적인 사람이 아니라는 점을 직접 확인했으니 더한 궁금증을 갖는다는 건 쓸데없는 짓인 것만 같았다. 안에서의 상황에 대해 짐작도 못 하고 잔뜩 긴장한 영순 엄마는 방 안에서 부르는 강릉댁의 소리에 정신을 가다듬고 냉큼 영순에게 갔다.

좀 전과는 달리 화색이 돌며 편안해 보이는 영순을 보자 이내 영순 엄마는 안도의 숨을 쉬었다. 그리고 강릉댁에게 고맙다고 인사하며 이전 행동에 대해 오해해서 미안하다는 사과도 덧붙였다.

긴박한 순간은 강릉댁과 이장댁만 알고 있는 것으로 일단락되었다. 그러나 이장댁한테 함구령이 내려진다 한들 유통기한이 따로 존재하지 않는 게 문제였다. 소문이라는 게 날개가 달렸는지 여기저기에 조금씩 퍼져 알 만한 사람들은 모조리 아는 상황이 되어 버렸다. 게다가 신기 있는 무당이 침을 놓는다는 소문에 이 사람 저 사람 모두 아프다고 찾아오면 강릉댁은 별수 없이 그들에게 침 세례를 해야만 했다. 때론 찾아온 사람의 몸속 상태는 물론 과거지사까지 신통하게 알아맞히는 능력을 보이며, 그야말로 강릉댁은 마을의 신과 다름없는 존재가 되고 말았다.

그러던 어느 날, 마을에 또 다른 이가 이사를 오게 되었다. 아내도 없이 홀로 어린 자식만을 데리고 들어온 자였다.

그의 이름은 동칠. 한쪽 얼굴이 심하게 일그러지고 피부조차 생기를 잃은 그는 시선 처리가 매우 불안정해 보였다. 뒤틀려진 얼굴로 사람을 바로 쳐다보지도 못하고 옆으로 흘깃 보는 모습이 매우 이상하고 기괴하기까지 했다. 그의 외모 때문인지 마을 사람들은 경계심이 굉장했다. 혹여라도 동칠이 말을 걸어오려 하면 마치 못 볼 꼴을 본 사람처럼 슬금슬금 피하는 게 보통의 반응이었다. 마을에서조차 마음 붙일 곳이 없던 동칠에겐 피붙이인 어린 자식이 전부일 수밖에 없었다. 그 모습을 간간이 지켜본 강릉댁은 어느 날부터 동칠에게 선입견 없이 대해주기 시작했다. 사람 구실을 못 할 것 같은 동칠에게 그나마 사람대접하며 둘은 적당히 가까워지고 있었다. 따스한 강릉댁의 모습에 동칠의 남모를 연정은 어느새 산등성이만큼이나 자라있었다.

하지만 강릉댁은 늘 적정선을 유지하며 동칠이 그 선을 넘어오지 못하도록 밀어내려고만 했다. 그럴수록 동칠은 애간장이 탔지만, 순한 얼굴 뒤에 서슬 퍼런 강인함도 있는 강릉댁이었기에 한숨만 늘어갈 수밖에 없었다. 동칠의 마음을 누구보다도 잘 알았지만, 강릉댁은 자신의 녹록지 못한 삶에 다른 사람을 끼워넣을 여력이 없어 그저 거부하는 게 답이라 여겼다.

한참을 고민하던 강릉댁은 동칠을 자기에 대한 잡념보단 갑갑한 생활에서 벗어나게 해줘야겠다는 생각에 동칠의 집으로 갔다. 누추하기 이를 데 없는 집에서 자식새끼 밥 굶기지 않으려고 아궁이에 불을 지피며 밥을 짓고 있는 동칠이 눈에 들어왔다. 그런데 그가 여느 때와 달라 보였다. 분명히 동칠이지만 동칠이 아닌 것만 같았다.

그 모습에 강릉댁은 지금껏 갖고 있던 그에 관한 생각을 정리하고 전해야 할 말만 그대로 전했다. 슬쩍 그의 상태를 알아보기 위한 강릉댁만의 탐색전이라 할 수 있었다.

"이봐요, 순호 아버지! 저랑 잠시 이야기 좀 하십시다. 단도직입적으로 말씀드릴게요. 제 옆에서 일 좀 도와주시겠어요? 제가 무슨 일을 하는지는 아시지요?"

"야? 야! 익히 들어 알고 있구먼요. 그란디 지가 할 수 있는 일이 있갔슈? 이 몰골로 워딜 나댕길 수도 없는디… 자신 없슈! 그냥 이렇게 살다가…."

그러나 동칠은 숨지 않고 떳떳하게 강릉댁을 지킬 수 있는 더없이 좋은 기회를 잡고 싶었다. 강릉댁을 위해서라면 뭐든 해야겠다는 생각이 들어 마음을 굳혔다.

"하… 할게유! 하겠구먼유. 뭐든 시키면 다 할게유!"

"네. 그러셔야죠! 어린 순호를 위해서라도 열심히 사셔야죠. 일단, 내일 저기 건넛마을 숙이네 집에 가야 할 듯합니다. 손녀가 열병이 심하다네요. 우선 거기부터 가십시다. 그리고 일한 것에 대해 보상은 해드릴 겁니다. 제가 받은 돈 전부를 드리도록 하지요."

"저… 전부씩이나유? 아니어유. 그냥 조금만 주셔도 되는 디…. 지는 그렇게 많이 받을 자격이 없구면요!"

"그냥 그리 하십시다. 더는 말씀 마세요."

이렇게 맺어진 동행 길은 동칠에겐 그저 평온하고 깨고 싶지 않은 꿈이었다. 생시가 아니어도 좋을 만큼 구름 속을 걷는 기분에 동칠은 그날 밤을 거의 뜬눈으로 새웠다.

다음 날, 동칠은 몸단장하고선 강릉댁 집으로 향했다. 가벼운 발걸음에 절로 콧노래가 나오며 세상을 다 가진 사내처럼 그리 신이 날 수 없었다. 흥겨운 기분으로 강릉댁 집에 다다르자 전날과는 사뭇 달라진 강릉댁의 분위기에 동칠은 다리가 후들거리기 시작했다. 분명히 강릉댁이지만, 싸늘해진 강릉댁을 어찌 봐야 할지 쉽게 판단이 서질 않았다.

"왜 그러시는감유? 가… 강릉댁! 괜찮어유? 왜 그리 눈알이 시뻘겋게 변해있시유?"

그 말이 떨어짐과 동시에 강릉댁은 손을 번쩍 들어 동칠의 뺨을 여러 차례 후려쳤다. 급작스러운 강릉댁의 모습에 동칠은 거의 까무러칠 듯 눈이 뒤집히고 있었다.

"강릉댁! 미… 미쳤슈? 이게 뭔 짓이어유?"

"네이노옴! 누군데 이 남자 몸속에 함부로 들어와 있는 것이냐! 누군지 모습을 드러내. 네놈이… 설… 마… 영순이한테 있던?"

강릉댁의 말에 동칠이 한동안 고갤 숙이고 있더니 숨 고르기를 하며 천천히 고갤 들었다. 동칠이 속에 들어 있던 존재는 강릉댁에게 들켜 이젠 쥐구멍도 소용없을 거라고 여기는 듯했다.

입 한쪽을 씰룩거리며 목을 좌우로 비틀더니 여태까지와는 딴판으로 갑자기 태도와 목소리를 바꾸며 말하기 시작했다.

[야아, 이거 참! 나? 내가 누구냐고? 이년아! 네 서방도 몰라보는 것이냐? 멍청한 것! 그렇게 오매불망 찾아 헤맸는데 여기 이렇게 숨어 살고 있었네? 네년은 내가 못 찾을 줄 알았더냐? 나를 오지에 처박아 두고 굶겨 죽이더니. 너만 잘살게 둘 순 없지! 어림없다! 내가 이놈의 몸을 빌려 용케 너를 찾아왔지만 너와 이놈, 두 연놈 다 조금씩 조금씩 갉아먹어 줄 테다. 아! 아니지. 이놈 새끼까지 있던데 그놈도 함께 먹어 치워야겠다. 기대해도 좋을 거야! 이히히.]

강릉댁이 동칠을 다르게 본 이유가 그 자리에서 낱낱이 드러났다. 그의 안에 있던 뭔가를 불러내기 위한 강릉댁의 술수에 그놈은 그대로 걸려든 것이었다. 기가 막혔다. 한량 짓을 하며 싸돌아다니다 어디서 살았는지 죽었는지도 모를 작자가 느닷없이 동칠에게 덧칠이 된 모습으로 나타났으니 이 일을 어쩌란 말인가? 아득하고 끔찍했다. 여자 알기를 발톱의 때만큼도 여기지 않고 밤낮으로 죽일 듯 때리는 인간에게 조금의 정도 남아 있지 않았다.

그의 잔혹한 매질에 여기저기 도망 다니며 살아 온 세월인데, 저렇게 죽어 나타났으니 앞으로 어찌해야 할지, 막막함이 강릉댁의 눈을 가로막아 숨까지 멎는 것 같았다.

"이 죽일 놈! 순호와 그 아비는 건들지 말거라! 건드렸다간 내 손에 네 목숨이 날아갈 것이야! 이제 더는 당하지 않을 거다!"

강릉댁은 거칠게 동칠에게 달려들었다. 그러나 동칠의 몸속에 든 작자는 힘이 너무 세서 강릉댁 혼자 감당할 순 없었다. 그대로 밀쳐진 강릉댁은 땅바닥에 내동댕이쳐졌고, 그 길로 동칠은 재빨리 도망쳐 나갔다.

'도망간다 이거지? 조만간 끝을 보여줘야겠군! 내 목숨이 붙어 있는 한 그놈이 설치고 다니는 꼴은 못 본다. 아작을 내고 말 거야!'

줄곧 달음박질로 뒤통수만 보이는 동칠이 속 그놈을 향해 강릉댁은 마음을 다부지게 먹었다. 그놈을 놓아주면 훗날 원흉이 될 게 뻔했기에 절대로 가만 놔둬선 안 된다고 생각했다. 그렇지만 동칠이 속 그놈은 매우 강하다. 선불리 다가가면 안 된다. 한 번에 제거하기 위해서는 여러 가지 궁리를 하는 게 필요했다. 문제는 그날 이후부터였다. 그 후로 동칠은 완전히 딴사람이 되었다.

그동안 순하게만 지내던 사람이 강릉댁의 죽은 서방처럼 난봉꾼이 돼서는 마을 전체를 쑥대밭으로 만들어버렸다. 일그러졌던 동칠의 모습은 미치광이로 변해 마을 사람들에게 더 큰 혐오감을 주기까지 했다. 아무도 말릴 수 없었다. 워낙 괴이한 행동이라 곁에 간다고 해도 멀쩡히 살아 집으로 돌아가는 사람이 없을 정도였으니, 속수무책 당하기만 해야 했다. 큰일이었다. 한참 밖에서 뛰놀아야 할 아이들은 집 밖이 무서워 한 걸음도 나갈 수가 없었고 마을은 동칠이 때문에 죽어버린 모습으로 점점 변해가고 있었다.

마을 사람들은 동칠의 행동에 참을 수 없어 경찰에 신고까지 했지만, 매번 허사로 결론이 났다. 술 먹고 깽판을 부린 것으로만 여겨 하루 유치장 신세를 지고 다음 날이면 툴툴 털고 나오니 경찰에 신고한들 무용지물일 수밖에 없었다.

그런 시간을 보내고 있을 무렵, 마을 이장이 비밀리에 사람들을 자기 집으로 불러 모았다. 동칠을 어떻게 해야겠다는 생각에 마을 회의를 하기로 한 것이다. 그 자리엔 강릉댁도 함께 있었다.

"이거이 큰일 아닌 겨? 언제까지 동칠이 놈을 이대로 볼 수만은 없지 않느냐 이 말이제!

저 자슥이 마을 꼴을 험하게 맹글고 있는디 워쩌면 좋을지 참말로 모르겠당께."

이장이 잔뜩 화가 난 목소리로 한마디 했다. 마을 사람들은 여기저기서 웅성웅성 시끄럽기만 할 뿐 어느 방책도 내놓는 사람이 없었다. 다들 구시렁거리고만 있었다. 그런 가운데 강릉댁이 구세주처럼 나서며 한마디 거들었다.

"제가 해결하겠습니다. 오래 걸리지 않을 겁니다. 조만간 해결책을 찾을 테니 너무 염려들 마세요!"

비장했다. 눈빛이 바뀌며 서늘해진 강릉댁은 결자해지로 자신이 모든 걸 끊어내야 한다고 생각했던 모양이다. 강릉댁의 당찬 의견 덕분에 마을 사람들은 서로 안심하며 한시름을 놓게 되었다.

강릉댁의 믿음직스러운 말 한마디가 모든 이들의 근심을 덜어 주었고, 가벼워진 마을 사람들은 그 자리에서 훌훌 털고 일어나 집으로 돌아갈 수 있게 되었다. 강릉댁은 막상 말을 해놓았지만 여러 가지 생각들 때문에 마음이 어지러웠다. 어디서부터 쳐야 할지…. 지난번에 한 번 맞닥뜨렸으니 이번엔 방법을 달리해 볼 생각이었다. 고민의 시간이 며칠을 지워내고 있었다. 한동안 강릉댁 주변은 얼씬도 안 하던 동칠이 갑작스레 강릉댁을 찾아왔다. 그사이 일들은 까맣게 잊어버렸는지 천진난만한 얼굴로 강릉댁 집으로 온 것이었다.

"쩌그… 강릉댁, 강릉댁 계셔유?"

동칠은 조심스레 자신의 기척으로 등장을 알렸다. 그의 물음에 강릉댁은 흠칫했지만 이내 덤덤한 모습으로 동칠과 마주하게 되었다. 잠시 동칠을 바라보자 여전히 그놈이 함께 보이는 것에 걱정부터 앞서고 있었다.

"무슨… 일이신가요?"

"쩌그… 거시기… 숙이네 말이쥬. 지난번에 간다 하시곤 안 가셨는디….."

"숙이네 말입니까? 이제 안 가셔도 됩니다. 갈 일이 없어졌거든요. 그간 다 나았답니다. 그러니 다음에 다른 곳에 일이 생기면 그때 같이 가보는 것으로 하십시다. 그건 그렇고 내일쯤 우리 집에 다시 와 주실 수 있겠습니까? 오늘은 제가 이장님 댁에 가야 하니….."

"내일이유? 내일은 지가 바쁜디….."

"바빠도 꼭 오셔야 합니다. 긴히 드릴 말씀도 있고….. 무엇보다 순호 아버지의 몸 상태가 좋지 않으십니다. 위중한 건 아니지만 까딱하다간 순호 아버지한테 큰 해를 가할 수도 있을 것 같거든요. 그걸 잡아내지 않으면….."

"잉? 지가유? 지헌티 뭔 문제라도 있슈? 지는 멀쩡한디유?"

"그냥 아무 말씀 마시고 내일 꼭 오세요. 그러셔야 합니다. 그게 순호 아버지를 살리는 길이에요. 그대로 뒀다간 정말 일 치르실 겁니다."

"야? 일을 치러유? 지가 죽을병인감유? 그럴 리가 없을 틴디…. 아… 알겠구먼유! 내일 아침 일찍 올게유!"

동칠은 납득이 되지 않는 모양이다. 자기 몸이 문제가 있다니! 정말 아무렇지도 않은데 뭘 어찌한단 말인가? 게다가 할 말까지 있다고 하니 일단 들어봐야 할 것 같았다.

어찌 됐건 신통한 양반의 당부이니 동칠은 일 보러 나가기 전에 들르는 게 낫겠다고 생각했다. 곧 일어날 엄청난 일들에 대해서는 까마득히 모른 채 말이다.

그날을 넘겨 첫닭이 울기 전 이른 새벽에 동칠은 강릉댁 집으로 갔다. 강릉댁 집 앞에 다다르자 발걸음이 점점 힘을 잃어가고 있었다. 평상시와는 다른 걸음걸이였다.

'내 다리가 왜 이러는 겨? 너무 긴장했나? 별것도 아닐 틴디….'

동칠이 이런 생각을 하는 사이, 강릉댁 집의 대문이 벌컥 열렸다. 달빛에 강릉댁의 눈동자가 도드라져 보였다.

"오셨습니까? 어서 안으로 드시지요."

잔뜩 긴장한 동칠은 벌벌 떨리는 자기 손을 잡아 애써 긴장감을 감추려 했다. 강릉댁의 뒤를 따르는 자신이 마치 도살장에 끌려가는 소 같다고 생각했으니까….

"걱정하지 마시고 편히 안방으로 들어오십시오. 그리고 잠시 누워 계시면 됩니다."

강릉댁의 말에 동칠은 의아했지만, 어찌 됐든 시키는 대로 따랐다. 잠시 뒤 강릉댁은 동칠의 몸 이곳저곳에 침을 놓기 시작했다. 침을 놓으며 머리에 손을 얹었다.

그러자 강릉댁은 동칠의 오장육부가 눈에 그려지는지 잠시 후 침을 빼는 여기저기 짚어가며 갑자기 꺽꺽, 소리를 내기 시작했다. 우는 소리가 아니라 동칠의 몸에 들어 있는 그놈을 찾아내서 나오는 소리였다.

"꺼억! 꺼억! 찾았다, 이놈! 네놈이 여기에 있었다 이거냐? 생전에 날 죽일 듯이 대했던 것에 비하면…. 이것은 고통 없이 보내주는 것이다!"

이렇게 말하더니 침통에서 장침 한 개를 꺼내 그놈이 있던 자리에 꽂으려 했다.

그 순간 강릉댁의 행동을 읽은 그놈은 누워있던 동칠의 힘을 빌려 강릉댁의 팔목을 잡아 세차게 밀어버렸다. 방 한쪽 구석으로 내쳐진 강릉댁을 본 동칠은 핏대까지 세우며 급변하더니 밖으로 뛰쳐나갔다. 살고자 하는 동칠 속 그놈이 하는 행동이었다.
그 뒤를 따라 나간 강릉댁은 동칠의 뒷덜미를 냅다 잡아챘다. 순
간 뻗쳐 나온 강릉댁의 괴력은 가히 폭발적이었다. 작은 체구의
여인네가 자신보다 두 배쯤 큰 몸집의 남자를 제어하기란 쉬운
일이 아니었을 텐데, 강릉댁의 초월적인 힘이 어디서 나왔는지
그녀는 뿌리째 뽑을 요량으로 기를 쓰며 덤벼들고 있었다.

강릉댁의 손을 뿌리치고자 몸부림치던 동칠은 이리 뒹굴 저
리 뒹굴 바닥을 구르기 시작했다. 그러더니 눈이 뒤집혀서 해괴
망측한 소리가 나오기 시작했다.

[이런 우라질! 네년 주제에 날 죽이려고? 어딜 감히…. 이놈 손
에 찢겨 죽고 싶으냐? 그렇게 해줄까?]

"이젠 더는 당하지 않지. 살면서 그만큼 당해줬음 된 거다! 비
겁한 놈! 혼자 다닐 수 없어 순호 아버지 등까지 밟고 왔느냐?
세상 더럽고 치사한 놈. 순호 아버지에게서 그만 나오거라. 괴롭
히고 싶거든 직접 내게 와서 괴롭히란 말이다!"

이 말이 떨어지기가 무섭게 동칠과 한 몸이 된 그놈은 어디론
가 뛰어 들어가 낫을 꺼내 오더니, 강릉댁을 향해 휘둘렀다. 그
걸 본 강릉댁은 또다시 기지를 발휘해 장침으로 그놈이 있는 자
리를 향해 찌르려고 했다. 그곳은 동칠에겐 급소나 다름없는 곳
이었다. 이렇게 한참을 엎치락뒤치락하다 강릉댁의 오른손에 낫

이 들려졌다. 잡풀을 자르기 위해 날마다 부싯돌에 갈아 놓은 날이 이날따라 새벽 달빛에 깊이 빛나며, 잡풀 대신 동칠의 배를 갈라놓고 말았다.

소란스러운 새벽 공기에 강릉댁 주변에 어슬렁어슬렁 사람이 모이자 날카로운 비명이 동칠의 입을 통해 흘러나왔다. 이렇게 엮인 동칠 속 그놈과의 마지막은 강릉댁에겐 잊히지 않는 지옥이 되었다.

하지만 강릉댁은 후련했다. 질긴 연줄을 이제서야 끊을 수 있음에 마음 한쪽에선 휘파람이 절로 나왔다.

'해방이다! 이젠… 자유야!'

강릉댁의 조용한 속삭임이 바람결을 따라 사방팔방 흩어졌다. 누군가로부터 벗어나고픈 열망이 이제서야 터져 마음껏 흐를 수 있으니 이보다 좋은 게 어디 있겠는가! 자신이 한 일에 대해선 기분 좋은 첫값을 받으면 그뿐. 뒤도 돌아보기 싫을 만큼 지금의 상황이 흡족했다.

이제 그놈과는 끝이다. 그걸 확인한 강릉댁은 그제야 천천히 호흡을 가다듬을 수 있었다. 엄청난 상황들이 연출됐지만, 천만다행으로 동칠은 죽지 않았다. 강릉댁의 목적은 동칠의 몸속에 들어찬 그놈의 열기를 빼내는 것이었기에 그의 목숨은 구할 수 있었다. 그러나 마당에 쓰러져 있는 동칠을 본 강릉댁은 자신의 박복한 삶에 지쳐 더는 지탱하고 싶지 않다고 생각했다. 후련함 뒤에 밀려오는 자괴감이 강릉댁의 이성을 한없이 멀리 도망치게 하고 있었다. 자기만의 결론이 나자 이번엔 자신을 향한 낫질로 인정사정 볼 것 없다는 듯 응징하려고 했다. 그것을 본 동네 사람들이 달래며 강릉댁을 진정시켰다. 그 사이 경찰도 오고 이장까지 등장하며 아수라장의 서막은 그렇게 마무리되었다.

그 일이 있고 난 후 시간은 하염없이 지나갔다. 강릉댁은 자기가 지은 죄에 상응하는 벌을 받고 마을로 돌아와 잠시 살았다. 그러나 그녀의 생은 길지 않았다. 집으로 돌아온 지 얼마 되지 않아 여한이 없는 평온한 모습으로 잠들 듯이 떠났다. 아름다운 그녀의 모습.

살아왔던 인생이 불행한 것만은 아니었음을 마지막 모습으로 일단락하고 홀연히 자기만의 세상으로 먼 길을 떠난 것이었다.

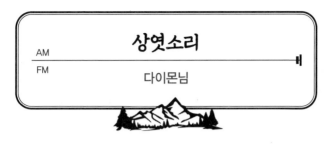

상엿소리

AM ————————————————— ㅐ

FM

다이몬님

나보다 한 살 많은 외사촌 형이 직접 겪은 이야기이다. 형은
외가가 있는 충북에서 학교에 다녔는데 초등학교 2학년, 1970년
쯤에 있었던 일이다. 이야기는 외사촌 형의 시점으로 써보겠다.

내가 다닌 초등학교는 충청북도 읍에 있는 학교였다. 당시 시
골 학교는 서울에 있는 초등학교보다 학생들 수도 적었고 군청
소재지인 읍이라고 해도 딱히 시설이라고 할 만한 것도 없어서
수업이 끝나면 산을 뛰어다니거나, 여름이면 냇가에 가서 멱을
감거나 천렵을 하는 게 우리의 즐거움이었다.

그날은 여름방학이 시작되기 직전, 그러니까 장마가 끝나고
막 무더위가 몰려올 때였다. 우리는 해가 산 너머로 넘어갈 때까

지 냇가에서 송사리도 잡고 가재도 잡으며 놀다가 저녁을 먹고 또 나와 골목에서 술래잡기하며 놀고 있었다.

우리 마을엔 어른들이 절대 가지 말라고 하는 산이 하나 있다. 높진 않지만, 논과 이어진 산등성이부터 나무가 빽빽하게 자라서 낮에도 어두컴컴한 곳인 데다가 산 입구에는 상엿집이라고 해서 마을에서 공동으로 사용하는 상여를 놔두는 작은 집이 있었다.

그래서 그곳은 아이들은 물론이고 어른들도 해가 떨어지면 무섭다고 근처에도 가지 않았다. 그런데 우리 중 덩치도 크고 힘도 세서 '깡다구'라고 불리던 4학년 형 하나가 무슨 생각을 했는지 술래잡기하다가 상엿집 근처에 있는 작은 창고에 숨은 것이다.

그 창고는 주로 허수아비나 쟁기 같은 것들을 놔두는 곳이라 불도 없는 데다 창고에서 바라보면 바로 상엿집이 보이는 위치라서 다른 애들은 감히 엄두도 못 내는 곳이었지만 깡다구 형은 역시 담이 세서인지 그곳에 숨어 술래가 아이들을 찾는 것을 지켜보고 있었다.

그렇게 창고에 숨어 '못 찾겠다! 꾀꼬리!'를 외칠 때까지 있을 생각으로 문틈으로 밖을 내다보고 있었는데 어디선가 딸랑딸랑,

요령 소리 같은 게 나더라는 것이다. 상여가 나갈 때 맨 앞에서 선창하는 사람이 흔드는 건데 두부 장수 아저씨들이 들고 다니는 것 같은 종소리. 처음엔 잘못 들었나 했는데 조금 있으니 또 그 소리가 나더란다.

그래서 어디서 소리가 나는 건가 싶어 창고 안도 둘러보고 고개를 빼꼼히 내밀어 밖에도 살펴봤지만, 어디에도 사람은 보이지 않고 요령 소리도 더 이상 들리지 않았다. 그때 마침 술래가 외쳤다.

"못 찾겠다! 꾀꼬리!"

형은 의기양양하게 창고에서 나왔다. 형이 창고에 숨었었다는 이야기에 저학년인 우리뿐만 아니라 형보다 위 학년인 5, 6학년 형들까지도 역시 깡다구라며, 형의 용기에 놀랐다. 저녁 먹여 놨더니 숙제도 안 하고 놀기만 한다고, 고학년 형들이 엄마에게 귀를 잡혀 끌려가는 바람에 그날 놀이는 그렇게 끝나고 우리는 각자 집으로 흩어졌다.

그런데 다음 날 아침부터 동네가 술렁이나 싶더니 어른들이 모여 뭔가를 의논하고 형의 아버지가 형을 업고 이장님이랑 어디론가 가는 것이 보였다.

그리고 우리의 궁금증은 얼마 지나지 않아서 어른들의 이야기를 몰래 들으며 풀리게 되었다. 어젯밤에 집으로 들어온 형은 자기 방에서 자고 있었고 어머니, 아버지는 안방에서 TV를 보고 계셨는데 밤 11시쯤 되었을 때 갑자기 소리를 지르며 우는 소리가 나서 놀라서 가보니 형이 이불을 머리끝까지 덮고 오들오들 떨며 울고 있었다는 것이다.

그래서 부모님이 무서운 꿈이라도 꿨냐고 물으니 형이 밖에서 상여 나가는 소리가 자꾸 들린다고 했다. 하지만 부모님 귀에는 아무 소리도 들리지 않았고, 그냥 꿈을 꾼 거라고 달래봤지만 무섭다고 마구 울던 형이 갑자기 울음을 뚝 그치더니 이번엔 히죽히죽 웃으면서 말했다.

"엄니, 밖에서 아재들이 지도 상여 들어야 한다고 나오래유!"

그리고 밖으로 나가려고 하자 형의 아버지께서 화를 내셨다.

"이눔아! 뭔 소리가 들린다고 그러는 거여? 아버지 귀에는 아무 소리도 안 들리는디!"

"아녀유, 아부지. 밖에서 아재들이 얼른 나오라고 하잖아유. 지 가봐야 혀유."

그래서 부모님이 강제로 형을 붙들고 날이 샐 때까지 실랑이 했는데 닭이 우는 소리가 나자 갑자기 픽 쓰러지더니 잠이 들어 버리더라는 것이다.

그렇게 밤을 꼴딱 새우고 아침이 되자 형 아버지가 이장님을 찾아가서 상의했더니 아무래도 뭔가 씐 것 같다며 옆 마을에 유명한 '굿재이'를 찾아가 보자고 해서 갔다고 한다. 여기서 말하는 굿재이는 우리 고향 말로 무당을 말한다.

굿재이에게 간 후 형은 점심나절이 되어서야 아버지 손을 잡고 집으로 돌아왔는데 어젯밤 얼마나 고생했는지 앓아누워서 사흘이나 우리가 모여 노는 소리가 들려도 나오질 못했다.

그렇게 며칠이 지나고 난 어느 날 밤, 그날도 여느 때처럼 모여 놀던 우리는 어머니께서 부르는 소리가 나서야 각자의 집으로 들어갔고, 한바탕 잔소리를 들은 후 막 단잠에 들려는 참이었다. 밖에서 시끌시끌한 소리가 났다.

무슨 일인가 하고 문을 열고 내다보니 밖에는 어른들이 한 손엔 횃불을 들고 다른 한 손엔 낫, 쇠스랑 같은 농기구를 들고 있었고 어떤 할머니가 징을 치며 뭐라 뭐라 소리를 지르고 있는 것이었다.

자던 애들이 구경났다고, 신이 나서 어머니께서 못 나가게 하는 데도 죄다 뛰어나와 구경하자 어른들이 화를 내며 절대로 대문 밖으로 나오지 말라고, 모두 등을 떠밀어 집 안으로 들여보냈다.

하지만 시골 담장이란 게 높지도 않은 데다 돌 하나만 밟아도 밖이 다 보이는지라 각자의 집에서 서로 손을 흔들어 가며 어른들의 동정을 살피고 있었다. 징을 치며 소리를 지르던 사람은 아까 형이 갔다던 옆 마을의 굿재이 할머니였다. 징을 치며 요망한 짐승이 어딜 사람을 넘보느냐고, 화를 내시는 할머니 뒤로는 깡다구 형의 아버지께서 양동이에 든 뭔가를 바가지로 퍼서 여기저기 뿌리고 있었다. 어른거리는 불빛으로 봐도 그건 무슨 동물의 피라는 게 분명해 보였다.

동네를 다 돈 굿재이 할머니랑 동네 어른들은 깡다구 형이 숨었던 창고와 상엿집이 있는 산 입구로 갔고 할머니께서는 뭔가 중얼거리다 외치셨다.

"이거나 먹고 썩 꺼지거라!"

그리고 뭔가를 숲을 향해 던졌다. 우리 집이 숲하고 가장 가까웠기 때문에 난 그걸 처음부터 끝까지 다 볼 수 있었는데 그땐 그게 뭔지 몰랐지만, 다음 날 깡다구 형에게 들을 수 있었다. 그날 형은 굿재이 할머니 집에 다녀오고 별 탈 없이 몸조리하고 있었다고 한다.

그런데 이번엔 바로 옆집에 사는 순이 누나가 상엿소리가 들린다고 했고, 아재들이 나오라고 해서 나가려고 했다는 것이다. 순이 누나는 형과 같은 4학년으로 얼굴도 예쁘고 공부도 잘하는 누나였다.

순이 누나 집에서도 한바탕 난리가 났고, 할 수 없이 이장님이 굿재이 할머니를 모셔 왔는데 할머니가 마을 입구에 들어서자마자 그러더란다.

"이게 뭔 냄새인감? 사람도 아니고 귀신도 아니고. 자네들 오늘 해 질 녘쯤에 흰 닭 두 마리만 잡아 피를 받아 오시게. 아, 그리고 자네는 푸줏간에 가서 돼지고기 한 근만 끊어 오시게!"

그리곤 설명하셨다.

"산에 사는 여스 놈들이 애들을 홀려 가려고 하는구먼! 놔두면 또 일 날 거 같으니 아예 오늘 쫓아버리세!"

여기서 '여스'는 충청도 사투리로 여우를 말하는 것이다. 그날 밤, 아니나 다를까 순이 누나가 상엿소리가 나는 데 도와달라고 부른다며 나가려고 난리를 쳤고, 그 집 아버지의 고함을 신호로 기다리고 있던 동네 어른들이 모두 손에 농기구를 들고 뛰어나왔으며 이장님 집에서 대기하고 있던 굿재이 할머니께서 나오셔서 아까 말한 대로 여기저기 닭 피를 뿌려 쫓아낸 다음에 숲에 돼지고기를 던져서 여우를 쫓아내 버린 거였다.

그런데 사실은 그날 나도 잠결에 순이 누나처럼 상엿소리가 나는 것을 들었다. 상엿소리랑 어른들이 부르는 소리가 나는데 너무 졸리고 귀찮아 나가기가 싫어서 못 들은 척 이불을 푹 뒤집어쓰고 자는 시늉을 하고 있었다.

분명히 들었다. 딸랑이는 요령 소리와 상여가 나가는 노랫소리 그리고 어른들이 부르는 소리를 말이다. 나중에 물어보니 나랑 순이 누나 말고는 그 소리를 들은 사람이 없었다던데, 만약 그 소리에 홀려서 갔다면 어떻게 되는 거였을까?